徳間文庫

徳川家康

南條範夫

徳間書店

目次

一　三河の小悴《こせがれ》

一

　永享《えいきょう》年間と言うから、足利義教《あしかがよしのり》が将軍職にあった頃のことである。どこから来たとも知れぬ徳阿弥《とくあみ》という時宗《じしゅう》の遊行僧《ゆぎょうそう》が、三河《みかわ》の国碧海《あおみ》郡大浜の称名寺《しょうみょうじ》に足をとどめた。

　どこか見所があったらしく、加茂《かも》郡松平《まつだいら》村の郷主松平太郎左衛門《たろうざえもん》信重《のぶしげ》の女婿《じょせい》に迎えられて、松平太郎左衛門親氏《ちかうじ》と名乗った。

この親氏から九代目が、松平元信《もとのぶ》、後の徳川家康《とくがわいえやす》である。

徳川家の公式の記録は、いずれも、徳川氏の祖先をもって、清和《せいわ》源氏の嫡流《ちゃくりゅう》新田《にった》義重《よししげ》の支流世良田《せらだ》氏（一時、得川《とくがわ》氏を唱う）なりとしているが、その根拠には、幾多の点で疑問があり、多くの異説がある。

しかし、われわれにとっては、家康の先祖が新田源氏であろうと、漂泊の遊行僧であろうと、いっこうに差し支えない。豊臣秀吉《とよとみひでよし》が、尾張《おわり》の土民の子であろうと、天皇の落胤《らくいん》であろうと、秀吉の価値になんの違いも生じないように、家康の先祖がなんであろうと、別に彼の恥にはならないのである。

家康の祖先を遡《さかのぼ》ってみて、どうやら明確に分明しているのが親氏までであるならば、その親氏をもって徳川家の基を開いたものと認めて充分であろう。

親氏の子が泰親《やすちか》（あるいは弟ともいう）、その子が信光《のぶみつ》、それから親忠《ちかただ》、長親《ながちか》、信《のぶ》忠《ただ》、清康《きよやす》、広忠《ひろただ》を経て、家康となる。

親氏、泰親、信光の三代の間に、近郷を征服し、額田《ぬかた》郡岩津《いわつ》の城を奪って一城の主となったが、文明の末には城を碧海郡安祥《あんじょう》に築いて本拠とし、尾張の織田《おだ》氏と抗争するほどの勢力となった。

信忠が凡庸《ぼんよう》の質で、一時は松平家の地盤もかなり動揺したので、まもなく退隠を余儀なくされ、嫡子清康が立った。

清康が家を嗣《つ》いだのは、大永《だいえい》三（一五二三）年、わずか十三歳のときであるが、彼は生来剛毅《ごうき》勇武の性質であった。額田郡の岡崎城に移って、ここを根拠とし、しきりに近隣の諸家と戦って、ほとんど三河一国を手に入れるばかりになった。

この清康が長生きしていたらば、おそらく、松平氏は家康の出現を待たずに、今川、織田両家の中間に蟠踞《ばんきょ》する一大勢力となっていたであろう。

天文《てんぶん》四（一五三五）年十二月、清康は、尾張の織田信秀《のぶひで》（信長《のぶなが》の父）と戦うため、森山に出陣した。

この陣中で、奇妙な風説が流れた。

清康の老臣、阿部大蔵定吉《あべおおくらさだよし》が、織田家へ内通している、というのである。何者か、定吉を陥れようとする者が言い触らしたものであるか、織田方の離間策が行なわれたものであるか、風説の源泉は不明であったが、定吉としては心外千万である。

一子弥七郎《やしちろう》を呼び寄せ、

「このような噂《うわさ》が立っては、わしは殺されるかも知れぬ。死はあえて厭《いと》わぬが、無実の罪を被《き》て、末代までも逆臣の汚名を受けることは、いかにも無念だ。わしが死んだならば、これを殿に差し上げて、わしの潔白を証明してくれ」

と言って、かねて書いて置いた誓書を手渡した。おりもおり、その翌朝、陣中で馬を取り放し、人々が騒ぎ立てた。

清康が陣舎の軒下に出て、

「木戸を閉めい、取り逃すな」

と、命じているのを聞いた弥七郎は、

——情なや、予期に違《たが》わず殿は、父を成敗さるるか。

と早合点し、清康の背後から、村正の一刀を揮《ふる》って刺し貫いた。清康の近臣植村新《うえむらしん》六郎《ろくろう》が、即座に弥七郎を斬《き》り伏せたが、清康も絶命した。年わずかに二十五歳である。

松平軍は、全軍茫然《ぼうぜん》として自失したが、やむなく遺骸《いがい》を守って、岡崎に引き揚げた。

清康の後は遺児広忠が後を嗣いだが、ようやく十歳の小童《こわっぱ》である。大叔父内膳信定《ないぜんのぶさだ》は、後見と称して国政をもっぱらにし、ついには広忠を追放しようと図るにいたった。

阿部定吉は、己れの子弥七郎が清康を殺した罪を償うため、一身を捧《ささ》げて広忠を救おうと決心し、広忠を伴ってひそかに伊勢《いせ》に脱《のが》れ、さらに遠江《とおとうみ》に奔《はし》り、駿河《するが》に赴いて今川義元《いまがわよしもと》に幼主の岡崎城回復を懇願した。

義元の強い支持と、岡崎城内の広忠に心を寄せる旧臣たちの力により、広忠が岡崎城に戻ったのは、天文六（一五三七）年十二歳のときである。

天文十（一五四一）年、刈屋《かりや》城主水野忠政《みずのただまさ》の女《むすめ》於大《おだい》の方を室《しつ》として迎え、翌年十二月二十六日竹千代《たけちよ》を生んだ。これが成人して家康となるのだ。

ところが、忠政の子信元《のぶもと》が、織田氏に荷担したため、広忠は今川氏の思惑を考えて、於大の方を離別した。こうして竹千代は三歳にして早くも生母の手を離れるにいたったのであるが、六歳のときには、さらに父の許をも離れることになったのである。

広忠は岡崎城に戻る際、今川義元の力を借りたのみならず、その後も、織田氏の勢力に対抗するために、今川氏の後楯《うしろだて》を必要としたので、その好意を確保するためには、妻を離別し、嫡子竹千代を人質に出さねばならなくなったのだ。

少年竹千代は、今川氏に人質となるべく、家士数十人と共に岡崎を発したが、渥美《あつみ》郡田原《たはら》までやってくると、田原の城主戸田康光《とだやすみつ》の子、五郎政直《ごろうまさなお》が待ち受けていて、

「陸路は危険が多い、海路、駿州《すんしゅう》へ赴いた方が安全じゃ。船を用意してある」

と言う。康光は、広忠の後妻の父、すなわち竹千代の継祖父である。従士たちは、その親切な計らいに感激して船に乗り込むと、意外、船は途中から方向を変えて、熱田に向かい、竹千代は積年の仇敵《きゅうてき》織田氏の手に捕らえられてしまった。

戸田父子が、ひそかに織田信秀に内通していたのである。『三河物語』によれば、竹千代奪取の謝礼は、永楽銭一千貫であったという。

信秀は、ただちに広忠に使者を出して、

「竹千代は、確かに我らが方にお預かりいたした。この上は、今川家とは手を切って、織田方に荷担されるがよい。さもなくば、竹千代の一命をいただく」

と申し入れた。

広忠の回答は、立派なものであった。

「竹千代は織田方へ人質に出したのではない。今川家に送らんとしたものを、不義の戸田父子が貴方《あなた》へ売ったのである。今、子の愛にひかされて、今川家との多年の旧好を変ずることは、武人の恥ずるところ。竹千代の一命は、存分にされるがよろしかろう」

信秀は、いったんは憤然として竹千代の命を断とうとしたが、

――待て待て、今、竹千代を殺してしまっては、広忠の敵意をますます固くするだけだ。生かしておけば、いつかは子の愛にひかされて味方になるかも知れぬ。

と思い返し、竹千代を那古野万松寺《なごやばんしょうじ》の天王坊に置いて、監視することとした。

一方、広忠の断乎《だんこ》たる決意を聞いた今川義元は、

「広忠の心底見届けたり、この上は、人質の有無にかかわらず援助しよう」

と、臨済寺の傑僧雪斎《せっさい》和尚を主将とする大軍を送って、織田勢と戦わしめた。広忠

もこれに力を得ておおいに戦おうとしていたとき、重ね重ねの不幸が、松平家を襲ったのである。

天文十八（一五四九）年三月、広忠が年二十四歳にして、急死したのだ。奇怪なことには、広忠の死はその父清康とほとんど同じ状況の下で行なわれた。すなわち、広忠は家臣若松八弥《わかまつはちや》なる者のために、村正の妖刀《ようとう》で刺殺され、その八弥は、先に清康の仇《かたき》弥七郎を誅《ちゅう》した植村新六郎が、討ち取ったというのである。

江戸時代を通じて、村正の刀を忌む風があったのは、おそらくこんな言い伝えから出たものであろうが、父子二代の刺殺者を二人とも同じ植村が討ち取ったというのは、やや疑問の余地がないではない。『松平記』『三岡記』『三河東泉記』などには、異説が記されている。

ともあれ、岡崎城は無主の城となり、将士は帰趨《きすう》に迷った。

「この際、織田家と和睦《わぼく》して、竹千代君《ぎみ》を迎え入れるより他あるまい」

と言うもの、

「いや、そんなことをすれば、今川殿が三カ国の大軍を率いて押し寄せるだろう。なんとしても今川氏と手を分かつわけにはゆかぬ」

と言うもの、紛々《ふんぷん》として論議しているとき、事態に驚いた今川義元は、素早く兵を送って岡崎城を占領し、松平家中の重だった家臣を妻子共々駿河に移してしまった。

その上、雪斎に命じて、安祥城を攻撃せしめ、城に籠《こ》もっていた織田信秀の庶子信広を捕虜とし、信秀に向かって、

「信広殿と、松平竹千代と交換したい」

と申し入れたのである。

竹千代は、この交渉の結果、思いがけなくも岡崎に戻ることを得たが、戻ってみればすでに父は亡く、城の本丸二の丸は今川家の侍大将に占拠され、わずかに三の丸に、松平重吉《しげよし》、鳥居忠吉《とりいただよし》、阿部大蔵、石川将監《いしかわしょうげん》らが残っているのに過ぎない。他の重臣たちはすべて、駿河へ移っている。そして、彼自身もまた、城にあることわずかに半月、再び人質として駿府《すんぷ》へ行かねばならぬことを告げられたのである。

竹千代の幼年および少年時代は、そのほとんどすべてが、人質として過ごすべき運命にあったと言ってよい。

二

天文十八（一五四九）年十二月も押し迫った二十七日、八歳の竹千代は岡崎を発し

て、駿河に赴き、駿府の少将宮町の寓居《ぐうきょ》に入った。

この生活は十一年つづく。

そして、この十一年は、おそらく、家康の生涯を通じて、その一身上について最も事件の少ない、平穏な時期であったと言ってよいであろう。

十九歳のとき岡崎に戻ってから後は、ほとんど席の温まる暇なく、西に東に戦っているのである。晩年、関ガ原の役以後の十五年は、馬上に采配《さいはい》を揮うことなくしてすんだが、その代わり、新しい幕府政治の基礎を固め、諸大名を統轄するために心血をそそがねばならなかった。そして七十を越えてなお、みずから軍を率いて、二度まで大坂に戦ったのである。

しかし、多難な七十五年の生涯のうち、最も平穏であったこの駿府人質時代においてこそ、後年の家康を形成する基盤が築き上げられたこともまた、事実である。

彼の人質という境遇は、彼に驚くべき忍耐と、常に理知的判断を忘れない冷静さとを、第二の天性として与えた。

彼の不如意な生活は、一生を通じてその特色となった質素、倹約の素質を形成した。

父と城との喪失は、戦国の厳しく冷酷な世情と、弱国の悲哀とを心魂に徹して滲《し》み込ませた。

堅忍、剛毅、質実、沈重、克己、勇断――これらの諸資質を一身に兼ね具《そな》えるものは少ない。家康はこのすべてを、ほとんど超人的ともいうべきほどに完備していたが、その基礎はこの最も不遇な、そして最も平穏であった時期に築き上げられたのである。その上、今川家の謀臣である雪斎和尚の訓育は、彼に、経書軍学の大綱を知らしめ、禅学の一端をうかがわしめた。

してみれば、通常、史家の評して、家康の最も悲惨なる人質時代とするこの時期は、必ずしも彼の一生にとって、最も不幸な時代であったとは言い得ないであろう。

この頃の少年竹千代について、若干の逸話が伝わっている。

いずれも大したものではない。

安倍川原《あべかわら》の石合戦に、少数派の一団の勝利を予言したとか、今川氏の賀正の日、縁先から放尿して並居る諸将を驚かせたとか、功臣鳥居忠吉の子元忠《もとただ》を、百舌鳥《もず》の飼い方が悪いと言って縁から下に突き落としたとか、どの武将の少年時代にもありそうな程度の話である。

要するに、今川家に付属する弱国の幼主、それも果たして将来、その父の領国を回復し得るか否か、容易に断言できぬ一個の人質として、外面的には、ほとんど目立たぬと言うよりも黙殺されたような存在をつづけたに過ぎぬと思われる。

竹千代が鷹狩《たかが》りを好み、孕石主水《はらみいしもんど》なる者の邸の裏の林をしばしば踏み荒らしたので、主水が、

「あの三河の小倅《こせがれ》めは、まったく呆《あき》れ果てたものだ」

と罵《ののし》ったことがあり、後年、このため孕石は切腹を命ぜられたと伝えられるが、

――三河の小倅、

という一語こそ、強大国今川の家中が、竹千代に対して持っていた内心の感情の最も正直な表現であったであろう。

こうして駿河にいる竹千代は、たいして重大視されず、従って特に虐遇もされなかったが、岡崎城に残った松平家の家臣たちは、相当ひどい虐遇を受けた。

その実状は、『三河物語』に生き生きと記されている。

三河の貢租《こうそ》は残らず今川方に納めさせ、松平譜代の家臣には与えられないので、彼らはいずれも「百姓同然に、鎌鍬《かまくわ》を取って妻子をはぐくみ、身を扶《たす》け、あらぬ装《なり》をして」辛うじて、生計を保つ他はなかった。

今川家から派遣されて来ている人々に対しては「気を取り、這《は》ひつくばひ、折りかがみ、肩骨をすくめて、恐れをなして歩くとも、もし如何《いか》なることをも仕出かしてか、竹千代君の御大事に成りもやせんと思ひて、それのみ許《ばか》りに、各々御譜代衆、あるに

あられぬ気遣ひをして走りめぐる」という状態であった。その上、年に三度でも五度でも、今川勢が織田勢と戦うたびに、岡崎城の将兵に先駆けをせよという命令が下る。

そこで「竹千代様は御座なされず、誰を御主として先懸けをせんとは思へども、御主はいづくに御座候共、譜代の御主様への御奉公なれば、各〻我々残らず罷《まか》り出て先懸けをし、親を打死させ、伯父甥従兄弟《おじおいいとこ》を討死させ、その身も数多の疵《きず》を蒙《こうむ》り、その間に尾張より働きあれば、出ては禦《ふせ》ぐ。昼夜心を尽し、身を砕き、働くとは申せども、未だ竹千代様の岡崎へ入らせ給はぬ事の悲しさ」と悲痛な声を洩《も》らし、ついには、

――今川殿は、岡崎譜代の衆をみなごろしにしてしまって、竹千代君を岡崎へ入れないつもりなのではないか、

とまで、絶望的に考えることさえあった。

それでも、彼らは耐え忍んだ。

そしてこの熱烈な奉仕と堅忍不抜の精神とは、後年、三河武士気質として、徳川家臣団の中核となったのである。

彼らは、ひたすらに、

「竹千代は未だ幼い、しばらくわしが国政を預かり、竹千代成人の上、これを還《かえ》してやろう」

と言う、義元の口約束の実現する日を待ち焦がれた。

義元が上洛《じょうらく》するとすれば、最初の障壁は織田氏である。その織田氏は、信秀が天文二十（一五五一）年に死んで、信長が嗣いでいたが、これが怖るべき悍馬《かんば》で、しきりに東方に手を伸ばす。それを防ぐために、義元は、岡崎城の松平家家臣団を、できるだけ有効に使役するつもりでいた。それには、竹千代をなるたけ自分の手許においておく方が有利なのである。

竹千代は、弘治《こうじ》二（一五五六）年、十五歳になった。

義元はこれを元服せしめ、義元の一字を与えて元信《もとのぶ》と名乗らせ、一族の関口親永《ちかなが》の女《むすめ》を配した。

元信は、これを機会に、展墓のため岡崎に赴くことを願って許可を得た。もちろん、正式に岡崎城主として戻るのではない。一時の滞在を認められたに過ぎない。

岡崎城の本丸には、今川氏の将山田新右衛門《やまだしんえもん》がいて、元信を迎え入れようとしたが、元信は、

「いやいや、この城は、今川殿にお預けいたしたもの。弱年の私が、本丸に入ることはありませせぬ。旧《ふる》い家臣たちに、色々たずねたいこともありますゆえ、二の丸に泊まらせていただきましょう」

と言って辞退した。

旧臣たちは、

「何年ぶりかで戻られたのに、本丸にさえお入りなされぬとは」

と口惜しがったが、山田は、

「弱年に似合わぬ思慮深い態度、駿府の大殿を心から尊んでいるからであろう」

と、よい気分になった。

二の丸に止宿している元信の許には、毎日家臣たちが集まって、年来の辛苦、屈辱を訴え、一日も早く、城主として戻ってくれることを哀訴したことであろう。

鳥居忠吉は、このときすでに八十余の老人であったが、困窮の中にも倉の中に内証に蓄えておいた金銭や穀物を示し、

「若君よ、これは他日、御入用のときのために、この爺《じい》が千万辛苦して残したものじゃ、これにて、よき侍を養いなされや」

と涙ながらに語ったので、元信も、思わず涙を流し、手をとって感謝した。

忠吉はさらに、

「この銭の積み方を御覧ぜよ。銭はこのように十貫ずつ束ねて、竪《たて》に積んでおくがよい。横に積めば、下の方が割るることもあるものじゃ」

と教えたので、家康は後にいたるまで、これを守って、

「これは、伊賀《いが》（忠吉）が教えてくれたのじゃ」

と言っては、白髪の八十翁《おきな》を眼底にほうふつさせるごとく見えたという。

元信は、岡崎城で年を越し、翌年再び駿府に戻ったが、祖父清康にあやかる意味で元康《もとやす》と改名した。

永禄《えいろく》元（一五五八）年、元康は、十七歳にしてはじめて、戦いに臨むことになった。

早くから西上して京洛に旗をたてようとしていた義元が、その先駆として、三河の小悴を使おうと考えたのだ。

「西三河は、松平家の領地じゃ。それを今、織田家が占拠しているのは、けしからぬ次第じゃ。おもと切りとって、松平領に復してはどうだ」

と義元は、元康を煽動《せんどう》した。

武将の子として、何よりも待望していたものは、初陣である。

元康は、勇躍して出陣し、寺部《てらべ》、広瀬《ひろせ》、挙母《ころも》以下の諸城を攻め、いたるところ勇戦し、その外郭に火を放って凱旋《がいせん》した。

岡崎の将兵たちは、はじめて少年主君の直接指揮の下に戦ったのである。彼らは、元康が、どのような指揮ぶりを見せるか、「弓矢の道も如何におわしますかと、朝暮

心もとなく案じて」いたが、その戦いぶりを見ると、祖父清康にも、おさおさ劣らぬ颯爽《さっそう》たるものがあったので、各々涙を流して喜んだ。そして、なおのこと、この勇敢な若い主君が、一日も早く岡崎城に戻ることを切望したのであるが、義元は容易に許さない。

やっと、山中三百貫の土地を還《かえ》し、太刀一振を与えただけであった。元康の帰城は皮肉なことにも、義元の死によってはじめて、実現する運命にあったのである。

三

永禄二（一五五九）年三月、元康は十八歳にして父となった。この彼の第一子は、不幸な宿命を負って、若い生命を断った岡崎三郎信康である。

同じ年、元康は、彼の長い武勲の歴史の上で、彼の名を高からしめた最初のものとしてあげられる「大高《おおだか》城兵糧《ひょうろう》入れ」に成功した。

大高城は、織田方の領地に向かって突出した地点にある。義元の一族鵜殿長助《うどのちょうすけ》が守っていたが、糧食の欠乏に苦しんで、急を義元の許に報《し》らせて来た。

この城に兵糧を入れようとすれば、織田方の鷲津《わしづ》、丸根《まるね》両城砦《じょうさい》の間を突破し、その抵抗を排除して猪突《ちょとつ》しなければならない。

この困難な仕事を、義元は、弱冠の松平元康に命じたのである。

元康は敵方の予想の裏をかき、鷲津、丸根両城砦を見すてて、寺部城に向かって進み、その城下に放火し、城攻めの態勢を示した。

鷲津、丸根の両城砦の兵が、寺部を救おうとして、これに注意を奪われている間に、その虚に乗じて元康は、小荷駄をまんまと大高城に導き入れてしまった。

永禄三（一五六〇）年五月十二日、今川義元は、いよいよ上洛の素志を果たそうと、二万五千の兵を率いて、駿府を発した。

十七日早くも義元の本陣は池鯉鮒《ちりう》に進出し、鳴海表桶狭間《おけはざま》に陣して、知多郡一帯にわたって、在々所々に放火し、田畑を荒らした。

元康は、今川軍の先鋒《せんぼう》として丸根砦《とりで》を攻め、力戦してこれを陥れた。

これを義元の本営に報らせてやると、ただちに使者が来て、

「丸根の戦いに兵共も疲れているであろう、人馬休息のため、大高城に入って、しばらくこれを守るべし」

という命令を伝えて来た。

大高城の周辺は、未だ敵の勢力下にある。元康の部下たちは悲憤した。

「この敵地深くはいった孤城に、殿を籠もらせ、織田勢の手を借りて殺させてしまおうというのが、今川の本心なのではないか」

と疑ったのである。

義元が、岡崎城返還を嫌って、元康をことさらに死地に陥れた、というのは、必ずしも元康麾下《きか》の者の邪推ばかりとも言えない。

しかし、結果的にみれば、かえってこの大高城守備こそが、元康を救い、彼に岡崎城を回復せしめることになったのだ。

十九日午前、熱田神宮に戦勝の祈りを捧げた織田信長は、手兵二千を率いて嵐《あらし》のごとく殺到して来た。

折から、空もまた、寸刻の中に黒雲に覆われ大風雨が襲って来た。

その風雨がやや晴れ上がるかと見えた午後二時過ぎ、田楽狭間《でんがくはざま》に陣していた義元の本陣に向かって、太子ガ根山から怒濤《どとう》のごとく馳《は》せ下《くだ》った信長の勢が、息つく隙《すき》もなく攻め込んで、義元の首級をあげたのである。

信長は、馬前に義元の首を持たせ、その日のうちに、清洲《きよす》へ凱旋した。

まさに疾風迅雷、目を覆う暇もない早業である。

今川方の将兵は、義元の死を聞いて、あまりのことに茫然自失したが、ただちに信長を追って、弔合戦をしようという気力をもったものは一人もいなかったらしい。愴《そう》惶《こう》として、駿河へ向かって退いていった。

大高城の元康のもとに、義元討ち死にの報らせが来たのは、その日の夕方である。酒井《さかい》忠次《ただつぐ》、石川家成《いえなり》らいずれも、

「義元討ち死にとあらば、信長は当然、勝ちに乗じてこの大高城を攻囲いたしましょう。そうなってはとても脱出はできませぬ。早々に引き払われた方がよいでしょう」

とすすめたが、元康は聞かない。

「義元討ち死にのこと、未だ今川よりの正式の報らせがない。もし、この城を退いた後、虚報と知れたらば、二度と義元に顔を合わせられぬではないか」

と、落ち着いていたが、織田方に属している伯父水野信元から、内密の使者が来て、

「義元は討ち死にした。信長勢の押し寄せぬうちに、早々城を退くがよい」

と、忠告して来たので、はじめて退城を決意し、兵を整えて、粛々として岡崎に戻った。

しかし、岡崎には、今川方の部将がいるので、元康は遠慮して入城せず、城下の大《だい》樹寺《じゅじ》に陣取っていたが、数日のうちに、今川麾下の将士はことごとく駿河へ引き揚げ

ていって、城は空っぽになってしまった。

元康は笑って、

「捨て城ならば、拾うてもよかろう」

と、城に入る。時に永禄三（一五六〇）年五月二十三日。前城主広忠の死後十一年にして、ようやく岡崎城は、その正当な城主の手に還ったのである。

桶狭間の一戦によって最も多くのものを得たのは、もちろん信長である。

だが、信長に次いで得るところ多かったものは、元康であったと言ってよいであろう。

彼は、この戦いのおかげで、岡崎城を回復し得た。

そして、年来、巨石のごとく彼の頭上におしかぶさっていた今川氏の大きな力もまた、排除することができた。

とはいえ、それらの有利な結果が、棚からぼた餅《もち》式に転がり込んで来たのではない。元康の異常な勇気と深い思慮とが、それを可能ならしめたのである。

岡崎城を手に入れたとはいえ、前面には、今や怖るべき勢力となった織田信長が、虎《とら》の爪《つめ》を磨《と》いでいた。当然これに向かって復仇戦《ふっきゅうせん》を挑むべき今川氏には、まったくその気力がない。

信長は、その当初、元康のごときは、おそらく眼中になかったであろう。

――三河の小悴め、すぐにも降参するか、駿河へ逃げてゆくだろう。

と、考えていたのだが、元康は意外にも岡崎の孤城に、頑として居すわった。のみならず、義元の後を嗣いだ氏真《うじざね》に向かって、

「亡き義元殿の弔合戦をさるるならば、われら先陣を承って、信長に矢一筋射かけたく存ずる」

と、復讐《ふくしゅう》戦を催促した。

その上、信長方の手にある挙母、梅《うめ》ガ坪《つぼ》、広瀬、伊保《いぼ》の諸城砦を攻撃してこれを陥れ、さらに、石瀬、沓懸《くつかけ》、刈屋《かりや》の諸軍と勇敢に戦った。

刈屋城主水野忠元は、信長に向かって、元康と和睦することをすすめた。

「三河の小悴め、やりおる」

と、元康の活動ぶりに、改めてその実力を見直していた信長は、この進言を容れた。

義元を討ち取って後顧の憂いを除いた信長にとっては、もはや残された当面の大目的は上洛以外にない。この大目的のためには、強いて元康を屈服させるまで戦う必要はないのである。

元康は、当然、降伏という形で、信長に従うべき地位にあったにもかかわらず、頑

強な抵抗と果敢な反撃によって、少なくも名目上は対等の形で講和という事態に持ち込んだのだ。

強大な勢力と手を結ぶときに、決して自分を廉価に売り渡してはいけない——ということを、彼は、今川氏との関係から、充分に教えられていたのである。

信長との連合に当たって成功したこの方針を、後年、秀吉と結ぶに当たっても、十二分に活用したことは、後に見るごとくである。

永禄四（一五六一）年春三月、元康は、石川、酒井ら百余人を引きつれ、同盟締結のため、清洲に赴いた。城門の辺りには、見物人が大勢集まった。

「岡崎の元康が、来るそうな。十数年前、那古野に捕らわれていた小倅じゃげな、どんな面をしてくるやら」

と、がやがや騒いでいる。

元康の家人《けにん》、本多平八郎忠勝《ほんだへいはちろうただかつ》は、当時十四歳、大薙刀《おおなぎなた》を持って先駆したが、この有様を見て、

「三河の元康殿が、織田家と修好のために参られたるに、なんたる無礼ぞ」

と、大喝し、群集を鎮《しず》めて城門に入る。

信長は二の丸まで出迎えて、本丸に導き入れた。

植村新六郎は、元康の腰刀をもってその側を少しも離れず、信長の家臣がこれを制止しようとすると、目をむいて、

「これは元康の家人植村新六郎、主の刀を持って後に従うになんの不都合がござるぞ」

と怒鳴った。

信長が、聞いて、

「おお、聞きおよぶ植村が参ったか、隠れなき勇士だ。無礼があってはならぬ」

と家臣をたしなめ、無事に両雄の会見は終わった。数え年二十歳になったばかりの弱冠元康の、初めての晴れ舞台とも言うべきこの会見に、主も家来も異常な緊張をもって臨んださまが、この小さな出来事の中に、充分に見てとれるであろう。

四

信長と結ぶことは、当然、今川氏と離れることである。

元康がこれを決心したとき、彼の部下のすべてが、全面的に賛成したのではない。老臣酒井将監忠尚《ただなお》のごときは、最も強く反対し、今川との旧好を維持すべきことを力説したし、他の多くの家臣も、その妻子が駿府に人質として在住するため、躊躇《ちゅうちょ》

したが、元康は、

「お前たちが妻子を駿府においているように、自分も妻子を駿府においている。お前たちの妻子は、私の妻子と死生を共にするがよい」

と、言いきったので、やむなくこれに服した。

信長との同盟が、駿府に報らされると、今川氏真は、果たして大いに怒って使者を送った。

「永年の旧誼《きゅうぎ》を棄《す》て、信長と和睦するとは何事ぞ。このうえは、駿府にある元康殿の北の方も子息も殺害し、岡崎に向かって出陣しよう」

と伝える使者に向かって、元康は、もっともらしい顔つきで、殊勝気な答えを与えた。

「今川殿の先君以来の厚恩は決して忘れてはおりませぬ。ただ織田は、当領と境を接する強敵、当分は和睦の形にしておかねば、具合が悪いので、一時彼の意に従うごとく見せただけのこと、決して真の和睦ではありませぬ。氏真殿が先君の仇を報いるために尾張へ出陣されるならば、かねて申し上げしごとく、いつにても先陣を承りましょう」

氏真に、報復戦敢行の意志なしと見透しての外交辞令であったが、氏真は、しばしの間、うまうまと欺かれた。

二　青年城主

一

元康が織田信長と提携したことが知れると、すでに今川氏の衰弱を認識するにいたっていた三河の諸大名は、菅沼、設楽《したら》、西郷《にしごう》の諸氏をはじめ、続々と元康に誼《よし》みを通じてきた。

東条の屋形、吉良義諦《ママ》は、名門吉良義安の弟であり、氏真の親族であったし、氏真も深く信用していたのだが、この義諦《ママ》でさえ、弟の荒川甲斐守《かいのかみ》頼持が元康に属すると、これにつづいて元康に降参した。

元康は、さらに中島の板倉、秦梨《はだなし》の粟生、長沢の糟屋を攻めて、いずれもその城を奪った。さらに、永禄五（一五六二）年二月には、西郡《にしごおりかみ》上の郷《ごう》城の鵜殿藤太郎《とうたろう》を攻めて殺し、その二子を生け捕りにした。

こうなっては、氏真も、もはや元康の離叛《りはん》を完全に認めざるを得ない。駿府におかれた元康の室と嫡子竹千代（後の信康）の命は、風前の灯である。

万一の場合は、人質の命は棄てる気ではいるものの、さすがに元康も、竹千代のことについて思い患った。

この様子を見て、石川伯耆守数正《ほうきのかみかずまさ》が、

「いとけなき若君が、一人で御生害させられるようなことになれば、さぞかし心淋《さび》しいことであろう。われらが御側に参って、最後の御供をいたしましょう」

と、駿府に出かけていった。もちろん、幼主竹千代の供をして死ぬ気でいったのだが、できれば竹千代の命を助けたい。

ちょうどそのとき、鵜殿兄弟生け捕りのことがあったので、元康の岳父関口刑部少輔《せきぐちぎょうぶしょうゆう》と相談し、氏真にすすめて、元康の室および竹千代と、鵜殿兄弟とを交換させることに成功した。

石川伯耆守は、馬上、大髯《おおひげ》を食いたらし、鞍《くら》の前輪に竹千代を乗せて、得意満面、堂々と岡崎へ引き揚げてくる。

城下の民は、喜びに包まれてこれを迎え、城士たちは、

「さても氏真は阿呆《あほう》だのう。竹千代様と鵜殿兄弟とを引き換えにするとは」

「されば、その阿呆のお陰で、若君が戻られたのだ。阿呆さまさまじゃ」

「それにしても、石川殿はお手柄、天晴れ無双のお働きよ」

と、喜び合った。

このように喜びをもって迎えられた竹千代が、後年、父家康に迫られて非業の最期をとげ、忠節無二と謳《うた》われた石川数正が、家康を裏切って秀吉の許に走ろうとは、このとき、誰一人として思いもうけなかったであろう。

妻子を取り戻した元康は、今や公然と、氏真に対して叛旗を翻した。

元康の名が、義元の一字を借りたものであるからとて、家康と改めたのも、この直後である。

氏真は、三河の小倅めに瞞《だま》されたりと、大いに憤慨し、吉田城に入れておいた三河の人質十一名を城下竜念寺前に磔刑《たっけい》に処し、家康の岳父関口刑部に切腹を命じた。

しかし、この報復手段は、いたずらに岡崎城の怨恨《えんこん》をかったのみでなんの効果もなく、東三河大名の、家康に款《かん》を通ずるものは、日々に増していったのである。

二

元康改め家康が、西三河を完全に統一し、東三河から遠江の山岳地帯までも次第にその勢力下に入ろうとしているとき、家康の直轄領内に勃発《ぼっぱつ》したのが、門徒一揆《いっき》である。

あるいは、勃発したものではなく、家康が挑発したのだともいう。

この頃、本願寺門跡の威力は、その本拠である石山から、遠く加越能《かえつの》一帯、伊勢長島におよんでいたが、三河においても、大坂から代坊主が来て、門徒の勢いはすこぶる盛んであった。門徒の主体は百姓であるが、家康の家臣でも、一向宗に帰依している者が少なくなかった。

先に、織田家との修好を不可と主張した家康の重臣酒井将監忠尚は、家中の親今川派の巨頭である。その後も家康の政策に不満を抱き、上野《こうずけ》の城に籠もって、岡崎に出仕もしていなかったが、この忠尚が主謀者となり、熱烈な門徒本多弥八郎正信《やはちろうまさのぶ》が参謀となって、万事を画策し、一揆を起こしたのだ。

二人は、吉良義諦とその弟荒川甲斐守にすすめ、東条の城に籠もって叛旗を翻した。

吉良家は足利将軍の流れをくむ名門である。これを擁立《ようりつ》し、宗門を弾圧する家康を打倒すべきことを呼号したのである。

導火線として利用されたのは、家康の老臣酒井雅楽頭正親《うたのかみまさちか》が、宗門に属する本證寺《ほんしょうじ》に潜入した悪党を検断するため、寺内に押し入ったという事件であった。

寺内は守護不入の地とされ、租税公役を免ぜられたのみならず、無頼の徒がここに隠れた場合、これを引き渡すことを拒むを得るとされていた。酒井正親が、この慣例を破ったというので、土呂《とろ》、針崎《はりさき》、佐崎《ささざき》の三カ寺が一揆の火の手を挙げたのだ。

外見上は、門徒が家康の旧慣無視に対して蹶起《けっき》し、酒井将監らがこれを後押しして、一揆が拡がったように見えるが、その実は、寺内不入の悪例をたたきこわして、国内における政権の両立を一本化し、かつこれを機会に、家中の今川派とも目すべき不平分子を強圧せんとした家康の誘発したものであると考えられぬこともない。

ともあれ、一揆軍は、永禄六（一五六三）年から七年にかけて猖獗《しょうけつ》を極め、家康みずから鎧《よろい》に銃丸を受けつつ、刀を揮《ふる》って叛徒と戦わねばならぬほどであった。

しかし、この戦いには、なかなかユーモラスな場面もある。

針崎の一揆勢が岡崎を攻めようとして、小豆坂に進出したときのことである。所在の大久保《おおくぼ》党がこれを防いでいると聞いた家康が、

「よし、大久保を援《たす》けよ」

とばかり、馬にうち乗って馳せつけた。

一揆勢の大将株の蜂屋半之丞《はちやはんのじょう》というのは、もともと家康の家臣で大兵剛力、世に聞こえた槍《やり》の名手である。

常々、白樫《しらかし》の三間柄の大槍をしごいて、

「この半之丞の槍先に刃向かい得る奴《やつ》は、あるまいぞ」

と豪語していた。

乱闘数刻、一揆勢少しく負け色になり、半之丞も退いてゆくと、家康の部下水野藤《とう》十郎《じゅうろう》が追いついてきて、

「蜂屋ではないか、八幡《はちまん》、逃がすまいぞ、返せ」

と呼ばわる。半之丞ふみ止《とど》まって、にっこり笑い、

「やあ、藤十郎か、およしなされ、とてもわれらには敵《かな》うまい」

と、不敵な一言を吐き、槍を真っ直ぐに立ててしまった。対手《あいて》にしないという態度だ。

藤十郎、かんかんになって、

「小癪《こしゃく》なり、逃がすまいぞ」

と、突いてかかろうとすると、半之丞が、

「どうせ敵わぬものを——えい、これを受けてみられい」

さっと突き出した槍先の鋭さに、藤十郎思わず、あっと叫んで、二三間横にはね飛んだ。

あまりに凄《すさ》まじい一撃に、反撃の気力さえ喪《うしな》って、ただ息を荒らくしているばかり。

半之丞、苦笑して、

「それ御覧なされ、どうせそんなことだろうと思ったのだ。わしに刃向かう槍などありはせぬわ」

と呟《つぶや》き、悠々と引き揚げてゆくところに、馬を飛ばして来たのは、ほかならぬ家康である。

半之丞の後ろ姿を見て、

「蜂屋め、逃ぐるか、返せ」

と、叫ぶ。半之丞、

「おお、心得たり」

と振り向いたが、対手が家康とみて仰天し、

「や、これは、殿か！　南無三宝！」

槍を引きずり、兜《かぶと》を傾けて、一散に逃げ出した。

家康の背後についてきていた松平金助が、これを追いかけて、

「半之丞、逃ぐるか、松平金助ぞ」

と叫びかける。半之丞は、その声を聞くときっと足を止め、

「対手が殿さまなればこそ逃げ出したのだ、お主ならば、なんの、一歩も後ろを見せはせぬ」

と、互いに槍を合わすこと五度、六度。

半之丞の一撃を受けた金助が、とても敵わぬとみて、逃げ去ろうとすると、半之丞は三間柄の大槍をその背に向かってたたきつけた。

槍は、金助の背を貫いて、鯨《くじら》に銛《もり》をつき立てたごとく、腰に突き抜けた。

半之丞が、金助の死体から槍をひき抜いているところへ、また家康が馳せつけて来て、

「おのれ、蜂屋め！」

「南無三、またしても、殿か！」

半之丞、後をもみずに逃げのびたという。

宗門の信仰と、俗世の主君への忠節との板ばさみになった淳朴《じゅんぼく》な三河武士の面目が、

躍如としている。

しかし、武士の身にとっては、結局、主君に対する愛情の方が強かったらしい。

上和田の戦いには、家康方非常に苦戦に陥り、家康の鎧に銃丸二個まで当たり、九死に一生を得るほどの事態になった。

このとき、一揆方に属していた土屋長吉重治《つちやながよししげはる》という者は、

「おれは門徒であるから殿の勢に手向かったが、主君があのように危急の態《てい》にあるのを、武士として見殺しにはできぬ。たとえ仏罰を受けて無間《むげん》地獄に陥ちてもやむを得ぬ。おれは、殿を助けるぞ」

と叫んで、鋒《ほこさき》を逆さにして一揆勢に立ち向かい、家康を守って斬り死にした。

一揆勢の戦力の中核をなす武士が、こうした心理状態にあるのだから、結局、一揆勢の抵抗は長つづきしない。

永禄七（一五六四）年の春になると、一揆勢の花形である上記の蜂屋半之丞が、密《ひそ》かに大久保次右衛門に面会して、

「われわれの中にはもう戦いをやめて、以前のように殿に忠節を尽くしたいと思っている者がたくさんいる。寛大な降服条件をお示しくださるよう、殿に願ってみてくれまいか」

と、相談して来た。

そこで、折衝の結果、

一、一揆に与《くみ》した士《さむらい》の本領を安堵《あんど》せしむること、

二、宗門の道場、僧俗共に元のごとくなること、

三、一揆の張本人の命を免かるること、

という条件で和議が成立し、蜂屋たちが、一揆の本拠である土呂の善秀寺に石川日向守を誘導したので、一揆勢はついに総崩れとなってしまった。

酒井将監は上野の城を捨てて駿河に落ち、本多正信は脱出して京に逃れ、吉良義諦、荒川甲斐の兄弟も上方に奔《はし》った。

家康は、領内の門徒寺や道場をことごとく破却すべきことを命じた。

門徒たちは驚いて、

「お約束によれば、道場僧俗は前々のごとく、ということでしたが」

と抗議すると、家康は、

「前々は野っ原だったのだ、前々のごとく野っ原にしてしまえ」

と言って、領内の門徒寺をことごとく破却した。

三河において門徒寺の再興を許されたのは、これから二十年後であるという。

なおついでに記しておけば、本多正信は、京に奔って松永久秀《まつながひさひで》の客となり、その後、加越の一向一揆の謀主として活躍したが、志を得ず諸方を流浪した。

大久保忠世が、正信の材幹を惜しんで、家康に嘆願して、罪を宥《ゆる》してもらったので、正信はその恩顧に報いるため、その後、全精力を傾けつくして家康に奉仕し、家康の側近第一の功臣となったのである。

三

一向一揆を鎮定した家康は、いよいよ東三河の完全征服を目ざし、永禄七（一五六四）年五月、まず吉田城に迫った。

吉田城主小原肥前守《ひぜんのかみ》、兵を出して下地において、家康の先鋒《せんぽう》本多平八郎忠勝と戦う。忠勝、真っ先に進んで城所助之丞と槍を合わせた。例の蜂屋半之丞はこれをみて、

「残念、一番槍を奪われたか、おれは二番槍など真っ平じゃ」

と、槍を従士に手渡し、刀を抜いて進撃し、二人まで切り伏せた。

今川方の河井正徳なるもの、銃を構えてこれを撃とうとする。

半之丞が躍りかかった途端、銃丸がその眉間《みけん》に当たったが、剛気の半之丞は正徳の

膝口《ひざくち》を切り放してから、どうと倒れた。

従者が駆けよると、半之丞はよろよろと立ち上がり、

「陣舎へ連れてゆけ」

と命じ、肩にすがって、陣営に辿《たど》りつくと、ばったりと倒れて息が絶えた。

半之丞を撃った河井という男は、元来片足が利かなかったが、ある戦場で退いてゆくのを敵がみて、

「あれに手負いが退いてゆくぞ、討ちとれ」

というのを耳にするると、すぐさま引き返し、

「何を吐《ぬ》かす、手負いではない。生得なのじゃ」

と怒鳴り返したので、氏真からしょうとく（正徳）という名をもらったという。

吉田城の小原肥前守は、かなりよく戦ったが、ついに家康方の勧めに応じ、城を開いて駿府に退去した。

つづいて田原城が落ち、城主朝比奈元智《もとども》も駿府に奔ったから、三河全土はまったく家康の手に帰した。

時に家康二十四歳。

家康は、吉田城を酒井忠次に与えて、今川氏に備えると共に、本多作左衛門《さくざえもん》重次、

高力《こうりき》与左衛門清長、天野三郎兵衛康景を奉行として、三河の政刑を掌《つかさど》らしめた。

重次は剛直、清長は温厚、康景は沈重。互いにその短を補い、長を伸ばして治績すこぶるあがった。

時の人は、

「仏高力、鬼作左、とちへんなしの天野三郎兵衛」

と唱《うた》った。

重次が天性豪放で、短気で、直情径行の人であったことは、幾つかの逸話によって知られている。彼が妻に送ったという手紙、

「一筆啓上、火の用心、おせん泣かすな、馬肥やせ」

百姓にも読めるようにと、仮名で明瞭《めいりょう》に記した掟書《おきてがき》、

「人を殺すものは命がないぞ。火をつけると火あぶりになるぞ、ろうぜきをせば作左しかるぞ」

のごときは、最も直截《ちょくせつ》に彼の性格を示しているし、庶民がいかに彼を畏《おそ》れたかは、

「凡《すべ》て岡崎領在家の女ども、鍋《なべ》の下火を燃すにも、遅く煮え立つときは、この鍋は遅きことかな、今に作左衛門の来るぞ、早く煮えよと申す程」

であったことで知られるであろう。

三河を平定し、祖父清康の遺業を、より拡大して完成した家康は、永禄九（一五六六）年十二月二十九日、姓を徳川と改め、三河守に任じ、従五位下《じゅごいのげ》に叙せられた。

家康の祖父清康は、己れの祖先を新田源氏なりとし、新田の支流世良田氏を称したことがあるが、家康は、世良田の同族である得川氏を借りて、これと相通ずる徳川と名乗ったという。

なにゆえに得川氏をそのままを用いず、徳川としたのかは不明である。『東求院御書』に「仔細《しさい》候ての事候」とあるが、おそらく徳という字の縁起をかついだものであろうか。

三河全土の主となった徳川家康は、永禄八（一五六五）年から十（一五六七）年にかけて、もっぱら領内の統治に全力を尽くした。

この頃、岡崎城に位牌曲輪《いはいくるわ》と称する三間棟三十間程の長屋を建て、合戦で討ち死にした者は、身分の上下を問わずすべて位牌を拵《こしら》えてここに据え、その菩提《ぼだい》を弔ったので、家臣たちは非常に感激したという。

家康の若い頃の逸話として残っているものは、この時代のものが多い。二三を記しておく。

家康が、賓客接待用として、三尺位の鯉《こい》を三尾、城内の池に飼育していたことがある。鈴木久三郎という家臣が、なんと思ったか、ひそかにその中の一尾を捕り、厨方《くりや》の者に命じて料理をさせ、その上織田家から進物としてもたらされた赤部諸白《もろはく》の樽《たる》を開けて、同僚たちを招いて振る舞った。

同僚たちは、もちろん家康から賜わったものだと信じて、大いに飲みかつ食った。

家康が、鯉の一尾いなくなっているのを見て、いろいろ問い質《ただ》した結果、右の事情を知って大いに憤り、

「久三郎め、きっと成敗する。これへ呼べ」

と、長刀の鞘《さや》をはずし、広縁に出た。

久三郎が少しも臆《おく》せず、露路口《ろじぐち》より出てくるのを見て、

「不届き者め、成敗するぞ」

と、叫んだ。久三郎は、自分の脇差《わきざし》をとって五六間後ろに投げ棄《す》て、大きな目を怒らせ、

「恐れ入ったのことにはあれど、魚鳥のために人命を奪うということがありましょうや。そのような御心では天下に御旗を立て給わんこと思いもよらず、いざ、存分になされい」

と、諸肌脱いで、家康の面前に立つ。

家康は、じっとその態を見ていたが、長刀をからりと投げ棄てて奥へ入った。やがて、久三郎を召し寄せて、

「まことにお前の言うとおりじゃ。よくこそ申した。かねて鷹場《たかば》で鳥を捕らえたり、城の濠《ほり》で魚を捕らえたものを牢《ろう》に入れ、近日中に処刑することになっていたが、お前はおそらく彼らを救うつもりで、ことさらに鯉を食うたのであろう。しぶとい奴じゃが、その志に免じ、彼らの命もすべて許すぞ」

と、言い渡したという。

これもその前後のことであろう。矢作橋《やはぎ》が洪水で押し流されたので、家康が復旧のことを命ずると、老臣たちは、

「架橋のためには莫大《ばくだい》な費用がかかります。大体、御城下にこのような大河のあるのは天の賜《たまもの》で、隣国から攻めて来る場合を考えれば、橋などない方がよろしい、今度流れたのは幸い、今後は橋をかけず、船渡しとしたがよろしいと存じます」

と、反対した。家康は、

「いや、この橋のことは、いろいろの書物にも載っており、謡曲にも出ている。本朝に名高いものだ。それを、わしの代になって船渡しなどにしてしまったならば、海道旅行者の不便は言うもさらなり、家康は敵を怖れ、費用を惜しんで橋をやめたと、後

世まで笑われるだろう。大体、国の守りは人の和にあって地の険にない。険を頼んで敵を防ぐなどとは、本を知らぬ議論だ」

と言って、早々の架橋を命じた。

家康も、こんな分別臭いことばかり言っていたのではない。青年武将らしい、茶目っ気の多い逸話もある。

同じこの矢作川で、魚漁を行ない、河原で料理させて食ったり、水に入って遊泳したりしたときのことである。

「どうだ、潜競《くぐりくら》べをやろうではないか」

と言い出したものがあって、近習《きんじゅ》の者たちが、我劣らじと水中に潜って競争した。

服部半蔵という伊賀者が、忍びの上手と知られただけに最も長時間水中にあって、出てこようとするとき、家康がうしろから首を押さえた。半蔵は、傍輩のいたずらだと思って、そのままひっ組んで水中に沈み、突き放して水面に出てくると、家康もあとから浮かび上がって、

「さても半蔵は、聞きしに優る強力者だ。組打ちなどしては、誰も敵うものはあるまいぞ」

と笑う。

半蔵は驚いて、さては殿であったのかと、こそこそ人影にかくれようとする。

「逃げなくともよい。瓜《うり》でもたべぬか」

とからかわれた半蔵が、

「ただ今、水中にてしたたかに水を飲み、腹中水ぶくれで、とても瓜は食べられませぬ」

と答えると、家康は、

「そうか、わしは少しも水など飲まなかったぞ。お前はそんなに飲んだのか。お前は日頃、水泳を自慢にしているが、わしの方が上手らしいな」

と、子供のように喜んで上機嫌だったという。

四

今川家は桶狭間の敗北以来、その失敗を取りかえすための努力をなすことまったくなく、勢威日に月に衰える一方であった。

氏真は、歌道に凝り、『源氏物語』に心酔し、美女に目のない柔弱好色の男である。

義元以来、今川家の二十一人衆として知られた老臣たちは、いずれも桶狭間敗戦の際、義元の死を確認することさえなくして逃げ帰ったことを恥じ、各々居城に籠もって駿府へ出仕もしない。

政権はおのずから新参年少の三浦右衛門佐義鎮《うえもんのすけよししげ》、小倉内蔵助《くらのすけ》らの手中に落ち、旧来の家臣の不平はようやく強くなってくる。

折から、領内に風流踊りなるものが流行し、村々から城下にかけて、百姓も町人も武士も、万事を捨ておいて踊り狂うという有様、氏真みずから頰冠《ほおかむ》りをして太鼓を打ち、三浦右衛門佐は、手拍子足拍子をとって踊り回った。

この状況を見て、甲斐の武田信玄は、今こそ今川氏を亡ぼして駿府を奪うべき好機と判断したのであろう。山県昌景を岡崎に遣わし、家康に向かって、

「川切《かわぎり》に（大井川を境として）遠州は家康においで心のままに切り取り給え。駿州の攻略は信玄の意に任されよ」

と、今川領駿遠両州の分割占領を提案したのである。

無論、信玄の申し出は、一時の権道である。その本心は、駿州のみならず遠州をも手に入れ、待望の西上目的を果たそうと考えていたに違いない。

家康といえども、そのくらいのことはわかっている。しかし、彼もまた、かりそめの謀略としてこの提案を受け入れた。

かくて、家康は西方から、信玄は北方から、衰弱腐朽した老大国今川に襲いかかった。

まず、信玄の行動をみよう。

彼は、軍事行動を起こす前に、今川氏の老臣たちに向かって、旧領安堵あるいはそれ以上の好餌《こうじ》を与えて内応を約さしめた。今川の上下ともに、武事を怠って、決戦の意気まったくなきことを充分に見極めていたのである。

そのうえで、永禄十一（一五六八）年十一月六日、大軍を率いて甲府を発し、駿河に出て富士川畔の松野に出た。

氏真もこの様子をみては安閑としていられない。一応、行装だけは見事に飾り立て、先鋒を薩埵《さった》山に、本陣を清見寺に進める。

十二日午《うま》の刻を期して矢合わせを行なうべしと軍令を発したが、武田勢の旗幟《きし》堂々と進撃してくるのを見ると、後陣の朝比奈兵衛大夫がまず退却をはじめ、ついで一門の瀬名陸奥守《むつのかみ》、三浦与一、葛山《かつらやま》備中らは、いずれも信玄に内応して、兵をまとめて駿府に引き揚げてしまった。

氏真もやむなく、駿府城に引き揚げたものの武田勢は無人の野を行くごとく進んでくる。城を守って討ち死にしようとする者などは一人もいない。

——ともかくも一応、城を落ちて、
と、わずかの近侍手兵と共に駿府を逃れ出た。氏真の室も、乗るべき乗輿《じょうよ》さえなく徒歩で供をするという狼狽《ろうばい》ぶりであった。

氏真の一行は、土岐の山中に逃げ込んだが、掛川城主朝比奈備中守《びっちゅうのかみ》泰朝が、ようやくこれを城中に迎え入れた。

武田勢は十三日早くも駿府に入って城に火を放ち、さしも豪華を誇った今川館はまったくの焦土と化したのである。

信玄の駿府攻略と呼応して、家康も果敢な遠州侵略を開始していた。

遠江の諸城は、あるいは降伏し、あるいは陥落し、二股《ふたまた》・高藪・頭陀寺《ずだじ》・久野・井伊谷《いのや》・引間《ひくま》・堀河の城砦ことごとくその指揮下に入ったので、永禄十一（一五六八）年暮れには、氏真の逃げ込んでいた掛川城攻囲にかかった。

城中では、この合戦に敗れれば今川氏の命脈尽きると、必死の防戦をつづけたので、攻囲は意外に長びき、翌十二（一五六九）年三月におよんだ。

しかし、手合わせのたびに屈強の士を討たれて次第に意気沮喪《そそう》し、ついに三月八日、氏真は朝比奈泰勝を、家康方の石川日向守《ひゅうがのかみ》家成の陣中に送って和を求めた
家康は、使者を送って、

「自分は幼年の頃、今川家の恩を受けている。氏真と戦うのは、決して自分の本意ではない。今、自分に遠州一国を賜わるならば、自分は北条氏と力を併せて信玄の軍を駿河から逐《お》い出し、氏真を駿府にお入れしよう」

と誓い、北条氏康《うじやす》父子にも連絡したので、氏真はついに意を決して、五月六日掛川城を開き、遠州懸塚から海路、伊豆の戸倉に着岸、さらに小田原に赴いた。家康は松平家忠をして、これを送らしめた。

かつて家康が今川家の人質であった頃、今川の儲君《ちょくん》氏真は、傲然《ごうぜん》としておそらくこの三河の小倅のごときは眼中になかったであろう。しかるに、家康駿府を去って十一年を経ずして、今や逆に氏真が、敗残の虜囚のごとく、その手によって小田原に亡命せしめられたのである。

駿府を氏真のために回復してやるという約束のごときはもちろん、空手形に過ぎぬ。東海の雄今川家はこのとき、すでに滅亡し終わったと言ってよい。

この後氏真は、北条氏に冷遇され、さらに害せられようとして、再び家康の許に脱れ、ついに京にいたった。

信長の前で、その命に応じて蹴鞠《けまり》の技を見せたりしてその歓心を買ったが、軽侮されただけのこと、入道して宗誾《そうぎん》と号し、慶長十九（一六一四）年、江戸で死んだ。

さて信玄と家康とが、駿遠分割案において意思の疏通《そつう》を見たのは、両者ともに、対手を利用して今川氏を亡ぼそうと考えたからであるに違いない。

今川氏が亡んでみれば、両者の利害は当然正面衝突する。

すでに家康の掛川城攻囲中に、信玄は遠州の諸豪を使嗾《しそう》して家康に叛せしめようとしたが、たまたま家康が百五十騎を率いて大井川辺を巡視しているとき、一事件が起こった。

駿府に在った信玄の将山県三郎兵衛昌景は、三千余騎を率いて、金谷にいたり、家康と遭遇し、いったんは会釈して行きすぎたが、家康の手兵が極めて少ないことをみてとると、不意に兵を回して襲いかかったのである。

家康の麾下《きか》、本多忠勝、大須賀康高《おおすがやすたか》、榊原康政《さかきばら》らが奮戦して山県勢を撃退したが、家康は、これを機会に公然と信玄との連繋《れんけい》を断った。

そして、氏真との約束を口実として、駿府に迫り、山県昌景を逐《お》ってこれを占領したが、その後まもなく、駿府城は再び信玄の手に奪いかえされた。

これより後、天正十（一五八二）年にいたる十数年の間、家康の全精力は、強敵武田との抗争に費やされることとなる。

元亀《げんき》元（一五七〇）年正月、家康は対武田の布陣を固めるため、岡崎から一歩進んで浜松に移った。

彼ははじめ、見付に城を築きかけたが、水利の便悪く、要害の地でもないので、改めて引間の古城の西南に新城を築き、浜松城と名づけたのである。

岡崎には、嫡子である竹千代改め、三郎信康を残した。

三　海道一の弓取り

一

強豪武田に対抗することは、家康の独力では不可能である。否、それは信長ですら、独力では困難であった。

戦国を通じて、稀《まれ》に見る強固さをもって、しかも長期にわたって維持された織徳同盟は、実にこの両者が、共通の大敵武田氏と直面していたという点に、その基礎をもつ。

両者とも、この緊密な同盟によって、図り知れないほど多くの利益を得た。

家康は、信長の援《たす》けがなかったならば、おそらく甲斐《かい》の鉄甲の下に蹂躙《じゅうりん》されたであろう。信長は、家康の援助がなかったならば、容易に京師《けいし》に進出することも、その覇権を維持することもできなかったであろう。

だが、対武田関係において、両者の実際の精力の消耗をみるならば、家康の方がより大であったと見なければならない。

これは信玄の西に向かって進撃せんとする際、家康の領土がまずその通路に当たったという自然の形勢によることは言うまでもないが、一方から言えば、強国と弱国との連盟においては、より多く労するものが常に弱国であるという力の関係にもよるのである。

見方によれば、家康は常に信長のために、火中の栗《くり》を拾わされたとも言える。

そして、武田氏が亡んだとき、家康はわずかに係争の地駿河《するが》を与えられただけであるのに対して、信長は武田の旧領のすべてをその勢力下に収めたのだ。

信長は武田氏滅亡後まもなく変死したため、武田滅亡による成果を充分に享楽し得なかったとはいえ、もし彼が生きながらえて、制覇の途《みち》を進んだとすれば、積年の最大の敵武田の消滅こそは、その制覇の最も有力な条件となったであろうことを、認めざるを得ないのである。

かつて松平元康が、自家存立のため、今川義元の走狗《そうく》として、常に最も危険な役割を果たさなければならなかったように、今や徳川家康は、自国保衛のため、信長の走狗として働かねばならなかった。織徳同盟の具体的な発現としての軍事援助が、まず対武田関係においてではなく、差し当たり家康とは関係の少ない対朝倉関係において発動されたにもかかわらず、その間、家康が終始信長のために働き、時に極めて危険な状況に陥ったのも、そのためである。

二つの場合の差異は、前の場合においては、元康は自分の城さえ持たぬ寄食者であり、まったく義元の一部将として駆使されたのに対して、後の場合には三遠二国の領主として、信長の同盟者として、援助する形式をとったという点である。

この地位の上昇は、彼の実力の上昇の結果であり、その事実が、また、信長亡き後の彼の地位を重からしめたのである。

ともあれ、元亀《げんき》から天正にかけての家康を説くには、ほとんど信長との関係において説かねばならない。それほど両者は緊密に連繫《れんけい》して活動したのだ。

この連繫活動の第一のものは、上記のごとく対朝倉の軍事行動において、具体的に現われた。

朝倉氏は、越前《えちぜん》の名族斯波《しば》氏を排除し、これに代わって守護職となったものだが、織田氏の隆々たる勢望を見て、内心安からざるものがあったことは疑いない。

しかし、進んで織田氏打倒を企図するにいたったのは、将軍足利義昭の使嗾《しそう》によるものであろう。

義昭は、稀有《けう》の陰謀家であり、天才的な煽動《せんどう》家である。

みずからは一兵を動かす力もない身でありながら、南都をのがれて以来、佐々木、武田、朝倉、上杉、北条に工作してその援助を求め、ついに信長を動かして将軍職についた。しかもその直後、信長を打倒するために、さらに本願寺、浅井、朝倉、武田を誘い、あらゆる策動をつづけたのである。

朝倉義景《よしかげ》、まずその誘いに乗って、信長に対する反抗の態度を示すにいたったので、信長はただちにその討伐を決意した。

だが、その決意を、表面に現わすことなく、密《ひそ》かに家康と打ち合わせてその援軍を求めた。

元亀二（一五七一）年春、信長は、さあらぬ態《てい》で上洛《じょうらく》し、家康もまた、上方見物の名義でその後を追った。

四月十四日、将軍家の邸宅落成祝いの能興行を行ない、諸大名を会して大いに宴を張ったが、二十日には、早くも信長、家康ともに京を発し、二十五日、朝倉領の手筒山攻撃を断行し、即日、これを陥した。

翌二十六日には、金ガ崎を急襲して、これを開城せしめ、破竹の勢いをもって、木の芽峠を越えて、朝倉義景の本城一乗ガ谷に乱入しようとする勢いを見せたのである。

このとき、突如、怖るべき警報が、信長の許に達した。

「近江小谷《おうみおだに》の浅井長政が、朝倉と通謀して、わが軍を挟撃しようとしております」

信長は、しばらく己れの耳を疑った。

浅井長政の室は、信長の妹で、美貌《びぼう》一世に鳴った小谷の方である。長政は、信長の義弟に当たるのだ。まさに青天の霹靂《へきれき》ともいうべき意外事である。

さすがの信長も、一時は茫然自失《ぼうぜんじしつ》した。採るべき策は一つしかない。浅井勢に断たれた退路を避け、間道を通って京に逃げ還《かえ》ることだ。

信長は、わずかの従騎と共に朽木谷《くつきだに》を越えて、脱出を図った。朽木谷は近江高島郡に属し、京都の北、八瀬、大原からこの谷を越えて、若狭《わかさ》、越前に達する間道である。谷の形、南北に長く、東西に狭く、朽木信濃守《しなののかみ》元綱が領していた。元綱が阻んだならば、信長の一命は危い。

信長に従っていた松永弾正《だんじょう》久秀は、

「元綱は、私が昔から知っている者です。彼を味方につけて案内させましょう。もし聞き入れなければ刺し交えて死ぬまで」

と言い、元綱を説得して、信長を無事に京へ導いた。

このとき、家康はどうしたか。

信長は、家康には無断で、宵の口に朽木谷に向かって馬を走らせた。出発に当たり木下藤吉郎秀吉に、全軍の殿《しんがり》を命じた。

秀吉は、わずか七百騎を率いて踏みとどまり、全軍の引き揚げを待って出発したが、朝倉勢がそれを知って急追して来た。

四方から囲まれて、すでに危いと見えたとき、家康がこれに気付き、引き返してみずから馬上に銃砲を放って秀吉の危急を救った。

秀吉は、椿峠《つばきとうげ》で小休止をしていた家康の馬前にやって来て、

「お陰さまにて、殿の役を果たすことを得ました。厚く御礼申し上げます」

と、拝謝したという。

もっとも、これは、『改正三河後風土記』や『家忠日記増補』の記すところであって、少なくとも全面的には信憑《しんぴょう》し得ない。『三河物語』には、ただ、

「信長も大事と思召して、家康を跡に捨置給ひて、沙汰《さた》無しに、宵の口に引取り給ひしを、御存知なくして、夜明けて、木下藤吉郎、御案内者を申して、退《の》かせられ給ふ。金ガ崎の退口《のきぐち》と申して、信長の御為に大事の退口也《なり》。この時の藤吉郎は、後の世の太《たい》閤《こう》なり」

とある。どちらが正しいかは分からぬが、いずれにしても、家康、秀吉の両雄が、直接に交渉を持ったのは、おそらくこのときがはじめてであろう。
時に家康は三遠の領主であり、信長の客将である。秀吉は信長の一部将で、数百の部下を持つに過ぎぬ。家康は、この猿面の小男を大して重大視しなかったに違いない。
――このときの藤吉郎は、後の世の太閤なり、
という表現は、いかにも人の運命の端倪《たんげい》すべからざるものかという驚きを、最も簡単直截《ちょくせつ》に表現している。

二

浅井長政の朝倉荷担によって、江州の形勢は急変した。

六角承禎《ろっかくしょうてい》は、鯰江《なまずえ》の城に籠もり、所在の一向門徒と諜《しめ》し合わせて一揆《いっき》を起こさせた。

江州にあった信長の部将たちは、はなはだしい苦戦に陥った。

長光寺城にあって、六角勢に囲まれた柴田勝家が、最後の水甕《みずがめ》を破って死闘し、甕割り柴田の名を轟《とどろ》かしたのもこのときである。

信長はいったん岐阜へ引き揚げたが、一カ月を経ぬうちに、充分の兵備をととのえ、三万の軍を率いて、六月二十一日、浅井の本城小谷に迫った。

浅井方は城門を閉ざして鳴りを静めている。

信長、城下に火を放って軍をかえし、姉川左岸の横山城を囲んだ。

急を聞いて朝倉方からは、援軍として義景の一族孫三郎景健《かげたけ》が一万の兵を率いて小谷にやってくる。

信長は家康の来援を待っていたが、二十七日、家康は五千の兵を率いて来着。信長はその手を取って喜んだ。

二十八日、彼我《ひが》両軍、姉川を挟んで大いに戦った。

前夜の軍議に当たって、信長は、

「一番手は、柴田、明智、森と決めている。二番手を徳川殿にお願いしよう」

と言い出すと、家康は憤然として、

「わざわざ大事の加勢に参りながら、一番手を申し受けかねて、二番手などを勤めては、来世までもの恥辱、ぜひとも一番手を仰せつけてくだされ」

と、主張した。

「いや、柴田たちの一番手は、早くから決めていたので、皆、そのつもりで備えを立ている。一番とか二番とか言っても、いざ合戦となれば同じこと、時によっては二番手が一番に戦うこともある。この際、二番手で我慢していただきたい」

「老人ならば知らぬこと。私は未だ三十にもならぬ身（このとき、家康は二十九歳）で、二番手とは承服できませぬ。どうしても二番手と言われるならば、明日の合戦に出ませぬ。ただちに引き払って国へ戻りましょう」

強引に言い切る家康に、信長が、

「それほどまで言われるなら一番をお願いいたそう」

と言うと、今度は、柴田、明智、森などの諸将が承知しない。

「我々は、前々から一番陣を仰せつけられていたのに、今さら、家康殿を一番と言われては困ります」

と、騒ぎ出す。信長は、

「推参なる小悴共《こせがれ》が、何を吐《ぬ》かす」

と一喝して部下を叱《しか》りつけ、家康の面目を立てた。

家康は、軍を四隊に分かち、旗を岡山に立て、川を挟んで朝倉勢に対した。第一、第二の隊、まず朝倉軍の先鋒《せんぽう》とぶつかり、激しく戦ったが、ややもすれば押されがちである。第三隊の石川数正これを見て奮進し、朝倉の先鋒を破る。

ついで朝倉の本隊が進んで、家康の本陣に迫った。家康みずから猪突《ちょとつ》して力戦し、機を見て榊原康政をして敵の側面を攻撃せしめ、大いに敵を破った。

一方、信長は二万三千の兵を七隊に分かって浅井勢に向かったが、第一隊坂井右近、第二隊池田《いけだ》信輝《のぶてる》、第三隊木下秀吉、第四隊柴田勝家の各隊ことごとく切り崩され、第五隊森可成《よしなり》、第六隊佐久間信盛の隊まで危くなった。

家康はこのとき、朝倉軍を破り、みずから浅井軍の後方を包囲し、予備軍稲葉貞通をして浅井軍の右側を衝《つ》かしめたので、浅井勢動揺し、形勢逆転、ついに織田勢のために、まったく撃破された。

織田、徳川の両軍、これを追撃して小谷の麓《ふもと》にいたり、余勢を駆って横山城を陥した。

この姉川の役において、家康の援軍が、信長の頽勢《たいせい》をくつがえして、勝利を得しめる主動力となったことは明らかである。

信長は、家康に対して、

「今日の大功あげて言うべからず、前代比倫《ひりん》無く、後世誰か雄を争わん」

と、最上級の賛辞を、長光の刀と共に与えた。

三

姉川の大勝は、朝倉、浅井に大打撃を与えたが、未だ致命傷ではなかった。彼らは、ただちに大坂の本願寺と諜《しめ》し合わせて、近江一円の本願寺門徒を使嗾して、執拗《しつよう》な反信長運動を展開した。

信長は朝倉義景、浅井長政の立て籠もった比叡《ひえい》山を包囲し、兵糧《ひょうろう》攻めにしようとする。

折から、長島にも一揆が起こって、信長の弟織田彦七を攻め殺すという状況である。

これらの反信長運動の黒幕は、他ならぬ将軍足利義昭であった。義昭は、信長の擁立によって辛うじて将軍職についたものの、実権ことごとく信長の手中に握られて、自分はまったくのロボットであることが不満でたまらない。

最も得意とする謀略をもって、浅井、朝倉、本願寺をそそのかし、信長打倒の兵を動かしめたのであるが、かえって信長のために、浅井、朝倉の勢が干し殺しにされそうになったので、慌てて信長に向かい、白々しくも、

「義景、長政からの愁訴あり、このたびはわれらに免じて、彼らと和議を結んでもら

もりえまいか」

と申し入れた。

信長は、一言のもとに撥《は》ねつけた。

「折角の御申し入れではあるが、彼らは許し難き奸物《かんぶつ》、一思いに干し殺してしまうつもり」

義昭は閉口し、二条関白晴良を抱き込んで、共々、三井寺の信長本陣に出かけていき、天皇の意向と称して、信長をなだめる。

信長はやむなく、浅井、朝倉と和を講じて、その叡山退出を認め、さらに本願寺とも和睦《わぼく》した。

しかし、浅井、朝倉軍を山上に駐《とど》めて自分に刃向かった叡山に対する信長の怒りは、よほど深いものだったのであろう。

元亀二（一五七一）年九月、にわかに叡山に攻め上り、堂舎僧坊を一挙に焼き尽くし、衆徒をことごとく殺戮《さつりく》し去った。

信長が、かくのごとく、中原において、陰謀や叛軍《はんぐん》や一揆と危険な闘争を試みている間に、家康は、姉川合戦の後一年有半、ひとたびも浜松を出でず、わずかに信長軍に対して、部将を遣わして加勢したのみである。

これは決して、織徳同盟が冷却したためでなく、家康が難きを避けて狡猾《こうかつ》に構えていたのでもない。

表面上、信長と誼《よし》みを通じ、家康とも一応和平を維持していた甲斐の武田信玄が、ひそかに義昭の密旨を受け、隙《すき》があれば信長の背後を衝こうとしていることを、信長も家康も、充分に感知していたからである。

信玄にしてひとたび兵を西に向けるならば、三河遠江の境目に出るであろうことは疑いない。家康が、居城浜松を空しくして、信長援助に出動することは、最も危険であるといわねばならぬ。したがって、家康は、浜松に蟠踞《ばんきょ》することによって、信長援助の同盟義務を最もよく果たしつつあったのである。

結局において信長、家康を敵とする信玄の正体は、まもなく公然と暴露された。元亀三（一五七二）年閏《うるう》正月、家康が遠江の境を巡り、大井川の辺りにやってきたとき、信玄から意外な抗議を突きつけられたのである。

「先年、貴下と天竜川を境として遠江を分領しようと約束したるに、なぜにその約に背き、大井川まで出でられしや」

というのだ。

これは明らかに言いがかりである。先年の誓約には「川切り」とあり、これはもとより駿遠の境である「大井川切り」の意味である。それを信玄が、今さらわざと天竜川切りと解釈をつけて、家康に難題を吹っかけたのだ。

両者の和平関係は、当然、ここに断絶した。

家康は信玄の、この詭弁《きべん》に憤慨したに違いない。しかし、彼は憤るだけでなく、この詭弁の効用をも理解した。四十年後、大坂冬の陣において、和睦条件として、城の総濠《そうぼり》(外郭濠)を埋める事を大坂方に受諾せしめると、これをことさらにすべての濠と解釈して、本丸の濠までいっさいを埋めてしまったのは、おそらくこのときの信玄の権謀に教えられたものであろう。

家康と信玄の公然たる敵対の直前、北条氏政は、その父氏康の政策をくつがえして、信玄と和睦していた。

ここにおいて、信長と家康とは、信玄牽制《けんせい》のために、越後の上杉謙信と誼みを結んだ。

すなわち、一方に、信長——家康——謙信の連合が、他方に、信玄——氏政の同盟が、相対することになったのだ。しかも、後者は大坂の本願寺、加越の門徒、朝倉、浅井と連絡し、将軍義昭と通じている。

信玄としては、年来の宿願たる西上の絶好の機会といわねばならぬ。彼もすでに年五十二歳、謙信の四十三歳、信長の三十九歳、家康の三十一歳に比べれば、いささか焦慮の念なきを得なかったのは、当然であろう。

元亀三（一五七二）年十月三日、彼はついに甲府を進発した。謙信が雪に隔てられて、その背後を襲う怖れのない時候である。

当時、信玄の領国は甲斐、信濃、駿河、遠江の北部、三河の東部、上野の西部、飛《ひ》驒《だ》の北部、越中《えっちゅう》の南部に跨《また》がって約百二十二万石、その兵数約三万。そのうち五千を残し、みずから二万の兵を率いて北条氏の援兵と共に遠州に進軍し、別に山県昌景に五千の兵を与えて三河東部から、遠州に来会せしめた。

家康の領土は、遠江、三河両国に跨って約五十六万石、兵数一万四千、これに、信長の援軍たる佐久間信盛、平手汎秀《ひらてひろひで》、滝川一益《たきがわかずます》らの率いる三千を加えたものが総戦力である。

武田勢は、多々羅、飯田の両城を屠《ほふ》り、二股《ふたまた》城を開かしめ、三方《みかた》ガ原《はら》に押し上り、浜松城外の村里に火を放って、これを牽制しつつ、祝田、井伊谷《いいのや》を経て、長篠《ながしの》に進出しようとした。

このときの信玄の意図は、必ずしも家康と戦うことにはない。家康を浜松城に釘付《くぎづ》けにしておいて、ひたすらに西上の途を驀進《ばくしん》することこそ、最も有利と考えたであろう。

従って、家康の方で手出しをせずに隠忍すれば、少なくとも差し当たり死活の激闘は避け得る状態にあった。

四

信玄の進軍径路を知っていた家康は、浜松城内に諸将を会して軍略を議した。

進んで武田勢と戦うべしと主張する者は誰もいない。信長の派遣した援軍の将でさえも、ことごとく自重を要望する。

——衆寡《しゅうか》敵せず、

すべての者が、そう感じたのである。

だが、ただ一人、敢然と戦いを主張したものがある。しかも、最も頑強に、最も熱烈に。

他ならぬ家康その人であった。

「武田の軍、いかに猛勇なりとはいえ、わが城下を蹂躙して押し通していくのを、居ながらにして傍観しているのは、弓矢の恥辱これに過ぐるものはない。他日、家康は、敵に枕《まくら》の上を踏み越されながら、起き上がりもせずにいた臆病《おくびょう》者よと、世人に嘲《あざ》けられたならば末代までもの名折れである。勝敗は天に任せ、ともかくも戦わずにはおれぬぞ」

若き主将が、ここまで思いきわめているのではやむを得ぬ。さらばと、部下の一同も、織田の援軍も、城外三方ガ原に打って出る。

三方ガ原は、浜松城の北に位し、東北から西南にわたる縦三里、横二里の高原であり、南方犀《さい》ガ崖《たけ》は広さ三十尺、深さ十八尺の裂孔となっている。

十二月二十二日午後四時、白雪紛々と降りはじめる中に、武田、徳川両軍はこの高原において激突した。

武田の先鋒小山田信茂、織田の援軍を突き破り、佐久間、滝川の両将は退き、平手汎秀は討ち死にする。

家康の右翼酒井左《さ》衛門尉《えもんのじょう》忠次、力戦して小山田隊を撃退したので、山県三郎兵衛昌景が代わって進み、徳川軍の左翼に襲いかかったが、本多忠勝、小笠原長善《おがさわらながよし》、辛うじてこれを押し返す。

徳川軍、やや有利と見えたとき、武田四郎勝頼、黒白の大文字の旗押し立て、潮のごとく殺到した。石川数正、これを迎えて悪戦苦闘をつづけたが、信玄が機を見て、米倉丹後重継《よねくらたんごしげつぐ》に命じて側面から家康の旗本を突き崩させ、総軍一度に鬨《とき》の声をあげて攻め立てた。形勢たちまち逆転、徳川方は総崩れとなる。

家康は形勢の不利を見て全軍に退却を命ずると共に、みずから本隊を率いて殿戦し、戦いつつ退いた。

しかし、武田勢の追撃は、すこぶる急である。本多忠真、鳥居忠広、成瀬正義らの勇士、踏み留まり踏み留まり、敵を防いで討ち死にする。家康は、馬上に歯がみして、己れもまた、とって返しては討ち死にしようとしたとき、二十四五騎を引き連れて馳《は》せ来たった一団があった。

浜松城の留守を命じられた夏目次郎左衛門正吉が、家康の身を案じて居たたまれなくなって、やって来たのだ。

全身赤不動のごとくになっている家康を見つけると、夏目正吉ひたと馬をよせ、

「ここは、私が代わって食いとめます。早々、一同をひきつれて御帰城あれ」

と、叫んだが、家康は承知しない。

「おのれ一人を死なせて、城に戻れるか、どうせ死ぬるものならば、同じくこの場で討ち死にしようぞ」

夏目は、巨眼を怒らせて、

「情けなきことを言わるる。大将たるものは、後日の大切をこそ心がけ給え。端武者同様の働きをして命落としてなんとさるるぞ」

と、馬の轡《くつわ》を取って、城の方に向け、槍《やり》の柄をもって馬の尻《しり》をしたたかに引っぱたいた。

飛ぶごとく城に向かって走り去る馬を見送った夏目正吉、今は心安しと、十文字の槍を揮《ふる》い、追い来る敵と戦って、従士らと共に残らず討ち死にした。

日はすでに暮れ、雪はますます烈《はげ》しく降る。

わずか五騎ばかりをひきつれて、ひたすらに城をめがけて走る家康を追う敵勢は、近々と迫っては弓を射かける。

天野三郎兵衛、大久保七郎右衛門、成瀬小吉、野中三五郎ら、血みどろになりつつ敵を防ぎ、家康も馬上みずから弓を放って敵を射落とした。

まさに危機一髪、家康の生涯においても最も危かった瞬間のひとつであったろう。

『改正三河後風土記』には、このときの逸話として次のようなものが載せられている。

「高木九助、其時《そのとき》法師武者の首討取て持参しければ、神君御覧じて、汝早く其首浜松の城門迄《まで》持ち行き、信玄が首討取りしと呼ばはれと仰せらる。依《よっ》て九助かしこまり、急ぎ城門迄駆け付けて、敵の大将信玄の首、高木九助討取つたりと呼ばはれば、城中には今日敗軍と聞いて大いに騒動せし所、この声を聞いて、上下勇み悦《よろこ》びける。程なく畔柳《くろやなぎ》(助九郎武重《たけしげ》)城門を高らかに打叩《うちたた》き、屋形様御帰りありと呼ばりければ、頓《やが》て城門を開き、恙《つつが》なく御帰城ありしにより、諸人始めて安堵《あんど》の思ひをなしにけり」

面白くでき過ぎていて、真偽のほどは保証し難い。

ともあれ、浜松城にどうやら逃げ戻った家康は、城門を閉じようとする鳥居元忠に、

「門は開いておけ、後から追々と味方の者が戻ってくる」

「しかし、それでは、敵方が――」

「門を開いておいても、この家康の籠もる城に敵兵が押し入ることなどできはせぬ。門の内にも、外にも、大篝火《かがりび》を焚《た》かせい」

と命じておいて、奥へ入ると、

「腹が空いた、夜食を持て」

湯漬三杯、さらさらと食い終わるや、枕を持ってこさせてごろりと横になり、高《たか》鼾《いびき》をかいて眠り込んでしまった。

武田方の山県、馬場らの諸将、家康を追って城門近く押し寄せて来たが、城門の内外に白昼のごとく大篝火の焚かれているのをみて、

「怪しいぞ、敵方に何か謀《はかりごと》があるのだな」

と、躊躇《ちゅうちょ》する。

折から、戦場から脱《のが》れ帰ってきた徳川方の大久保康高が、この様子を見て、武田勢の背後から撃ってかかった。城中からも、すかさず鳥居元忠ら百余名が衝いて出たので、寄せ手は狼狽《ろうばい》し、火を放ちつつ退いた。

総敗軍となりながらも、三河武士の闘志は、まだ尽きなかったらしい。その夜、大久保忠世、天野康景らは、鉄砲隊を率いて城を出、間道から犀ガ崖近くの信玄の陣舎の背後に回り、つるべ撃ちに打ち込んだ。

武田勢、大いに驚いて喧騒《けんそう》し、犀ガ崖に落ちて死するもの数十名におよんだ。

さすがの信玄も、徳川方のしぶとさには呆《あき》れ果て、

「あれだけの敗軍に、将士あまた討たれ、ともかくも引き揚げたりとはいえ、城内さだめし混乱しているだろうと思うたに、この夜討ちまでかけてくるとは、さても手強《てごわ》い奴。まだまだ、よい将士が多く生き残っているのであろう。われらの方が勝つことは勝ったが、家康も敗れたりとはいえ天晴《あっぱ》れな敵だ」

と、翌日、三方ガ原で首実検を済ますと、陣営を撤して、刑部《おさかべ》に退き、ここで兵馬を休めて新年を迎えることにした。

この刑部の陣中で、馬場美濃守《みののかみ》が、信玄に向かって、

「家康こそは、輝虎《てるとら》（謙信）と並んで、日の本にも類なき剛気の大将でございましょう。先日の三方ガ原の合戦に討ち死にいたした三河武士を見ると、下々にいたるまで決死に戦って、逃げた者はありませぬ。その証拠には、死骸《しがい》の頭のこちらに向いているものは俯向《うつむ》きになっており、浜松の方に向いたものは仰向《あおむ》きになっておりました」

と感嘆した上、

「まことに、五年前はじめて駿河に御出陣になったとき、遠州一円を家康にお譲りになり、家康と御昵懇《じっこん》になり、縁組などして、家康を味方となして、先鋒をさせたならば、数年のうちには全日本は大略、殿の御手に入ったでしょうに、惜しいことをいたしました」

と述懐したという。

まったく、家康が信長と結ばず、信玄と結んでいたならば、天下の形勢がまったく異なる様相をもって展開したであろうことは、あながち無理な想像ではない。

家康は、みずから信玄との決戦をかって出て、惨憺《さんたん》たる敗北を喫した。しかし、その敗北は、勝利とほとんど同じくらい彼の真価を示し、彼に対する評価を高めたのである。

『甲陽軍鑑』には、このとき、同じ馬場美濃守が家康を指して、

「これは、日の本に若手のはなはだしき弓取りと申す者にて候ぞ」

と言ったと記されている。

家康が海道一の弓取りと称されたのはいつ頃からのことか正確にはわからないが、おそらくこの美濃守の言葉などがはじめではなかろうか。

戦いに勝っても、容易に得難いほどの名声を、彼は戦いに敗れながら獲得したのである。家康敗れて、もって足れりとすべきであろう。

五

刑部で元亀四（天正元年＝一五七三）年の春を迎えた信玄は、三河に進んで野田城を囲み、二月十日これを陥れたが、その攻囲中、病を得たので、山県昌景をここに残して、いったん甲府へ引き還した。

信玄の病については、異説がある。

『柏崎物語』によれば、野田城中に笛の名手村松芳休《ほうきゅう》なるものがあり、毎夜櫓《やぐら》に上って笛を吹いた。信玄が城外堀際に来たってこれを聴いているとき、城兵鳥居三左衛門なる者が狙撃《そげき》し、信玄を負傷せしめたという。

『松平記』によれば、開城のとき、城中から出る兵を武田勢が阻止しようとして迫り合う中、誰ともなく放った鉄砲の弾が当たったのだという。

こうした事実はあったかも知れない。しかし、信玄の生命を奪ったのは、銃丸ではなくて、彼のからだを数年にわたって食い荒らしていた宿病であったというのが正しいであろう。

寒気凛冽《りんれつ》の際、野営をつづけたことが、その病を再発せしめ、悪化せしめたのである。

三月、病やや回復に向かうごとく思われたので、再び西上の軍を発したが、四月十一日、にわかに病状革《あらた》まり、十二日、信州下伊那《しもいな》郡浪合《なみあい》（あるいは駒場《こまんば》とも言う）において没した。

行年五十三歳、死に臨んで山県昌景を呼び、

「明日、その方の旗を瀬田に立てよ」

と言ったという。死神がすでに半身を覆っていたとき、この老雄の眼底には、生涯の念願であった京師侵入の先鋒として、瀬田の辺りに進む部下の一隊の姿が、幻のごとく浮かんでいたのであろうか。

信玄は、三年喪を秘すべきことを遺言した。武田家では、信玄が隠居し勝頼が家督

を継いだようにみせかけたらしい。

しかし、これほどの大事が、いつまでも隠しとおせるものではない。おそらく、数カ月のうちに、信玄の死は、あまねく知れ渡ったことであろう。少なくもこの年の末、信長が伊達《だて》輝宗に遣った書状には、はっきりと「武田入道令《せしめ》二病死一候」と記されている。

信玄が西上を企てて、病に挫折《ざせつ》している間、京師における義昭と、信長の関係は急展開していた。

元亀四（一五七三）年正月、信長から義昭に対して十七個条の諫書《かんしょ》が与えられた。義昭の行動を痛烈に非難し、

「土民百姓にいたるまでもあなたのことを、悪御所と申しているそうですぞ」

ときめつけたものだ。

義昭はついに、信長討伐を公然と叫び、堅田、石山に砦《とりで》を築いて、信長の入京を阻止しようとした。

もちろん、信長の率いる精兵にとって、そんなものは児戯に類する。一蹴《いっしゅう》して入京し、軍兵をもって、義昭の住む二条御所を取り巻いた。

義昭は、閉口していったん和を乞《こ》うたが、性懲《しょうこ》りもなく再び叛を図ったので、さす

がの信長も愛想をつかし、七月十八日捕らえてこれを河内若江《かわちわかえ》城に追放した。同月二十八日天正と改元、足利将軍家は、ここに名実共に亡んだのである。

六

信玄の死が、武田、徳川の関係に大きな影響をおよぼしたことはいうまでもない。先に武田方に下った奥平九八郎貞昌父子は、武田方に出した人質を捨て、再び家康に降参し、鉾先《ほこさき》を武田に向けた。

家康はこれを援けて、菅沼伊豆守の籠もっていた長篠《ながしの》城を落とした。勝頼は、長篠城を救おうとして援軍を送ったが間に合わなかった。

長篠は三河国設楽《したら》郡の山間の地であるが、この時代に甲斐、信濃の兵が三河、遠江から上方へ出るには、ぜひとも通過しなければならぬ重要な地点である。つづいて、遠江の天方城、三河の武節、足助《あすけ》、可久輪、鳳来寺《ほうらいじ》、六笠、一宮の諸城いずれも家康の手中に落ちた。

信玄死後の処置を一通り終わった武田勝頼はこの有様をみて、翌天正二（一五七四）年、猛然として反撃を開始し、二月美濃の明知城を奪い、六月遠江に出馬して高天神の城を陥れた。

さらに翌三（一五七五）年四月に入ると、家康の家臣大賀弥四郎の内通を得、一万五千の兵を率いて三河に向かった。

大賀弥四郎なるものは、元来、極めて微賤《びせん》の身であったが、才覚があり計数に長じ地方《じかた》の事情に通じていたので、会計租税の事を扱い三河奥郡二十余郷の代官として、当時権勢並びなき者であった。

この成り上がり男が、家中のすべての者に憎まれて、将来の危険が感じられてきたので、謀叛《むほん》を企てたのだ。彼は密かに書を勝頼に送って、

「作手《つくて》に御出陣の上、先鋒二三隊を岡崎へ進めてくだされば、私が、徳川殿お出でなりと呼ばわって城門を開かせます。そのとき、城内に乱入し、信康を殺し、城内にいる三遠の人質を奪いとってしまえば、三遠両州の将士は必ず御味方になるでしょう。さすれば徳川殿も浜松には居たたまれず尾張か伊勢に逃げ出すに違いありません」

と言ってやった。

ところが、弥四郎の一味の一人山田八蔵なるものが変心し、これを家康に訴えたので、大賀の罪状暴露し、弥四郎は捕らえられた。

家康は彼を信頼していただけに、その怒りははなはだしく、処刑は酷烈を極めた。

『武徳編年集成』によれば、次のごとくである。

「叛逆の張本人大賀弥四郎をば、馬の三頭《さんず》（尻）の方へ面を向けて鞍《くら》に縛り、叛逆の為に渠《かれ》が拵《こしら》へ置きし旗を指させ、首金をはめて螺《かい》、鐘《しょう》、笛、太鼓にはやし立て、岡崎の町を引廻はし、又浜松にても引廻はし、岡崎へ道を替て引戻し、町々の四辻《よつつじ》に生きながら土中に埋め、首に板をはめて、十の指を切りて目前に並べ、足の大筋を断ち、竹鋸《たけのこぎり》を置きて往来の者に是を挽《ひ》かしむ。土民彼を憎むの余り、老弱群参して、是を挽き、七日にして死す」

勝頼は進軍の途中で大賀の内通が露見したことを知ったが、そのまま軍を進め、先に奪われた長篠城を奪回すべくこれを包囲した。

長篠城は、東に大野川、西南は滝川をもって城濠として、北は大通寺山、医王寺山に連なる要害。大野川、滝川はいずれも幅三十間ないし五十間、川岸絶壁のごとくそば立ち、水深は常時四五尺に過ぎぬが、降雨の際は丈余に達する。

城兵、わずかに五百、これを包囲した武田勢は一万五千。

攻撃は五月八日より連日にわたり、あるいは筏《いかだ》を滝川に浮かべて城に突入しようとし、あるいは本丸西隅に地下道を穿《うが》って潜入しようとし、あるいは瓢郭《ひさごくるわ》の兵糧倉を狙《ねら》ってその塁壁をほとんど破砕し、あるいは大手前に井楼《せいろう》を構えて城中を下瞰《かかん》して射撃しようと図ったが、守将奥平貞昌以下、力戦猛闘少しも届せず、武田勢の死傷すこぶる多い。

しかし、城中の兵糧はまさに尽きようとし、家康の援軍は来そうもない。

「誰ぞ、重囲を破って、岡崎におらるる殿（家康）に、この事態を報《し》らせるものはないか」

と図ったが、武田勢は城外に柵《さく》を結び、川中に綱を張って、蟻《あり》の這《は》い出る隙もないほどきびしく取り囲んでいる。到底、脱出は不可能だと、皆が口をつぐんでいるとき、

「私が参りましょう」

名乗り出たのが、鳥居強右衛門《すねえもん》であった。十四日夜半、野牛門から急湍《きゅうたん》に入り、脇差《わきざし》で綱を断って遊泳しつつ、渡合から長走《ながばせ》、広瀬に達し、十五日黎明《れいめい》、寒坊ガ崎で狼烟《のろし》を揚げて、無事脱出を城内に報らせた。

ただちに岡崎にいたって家康に見《まみ》えて、城中の実情を告げ、さらに岡崎まで来ていた信長にも会ってこれを告げた。

援軍と共におもむけと言うのを振りきって、城兵に吉報をもたらすべく戻ったが、攻囲軍のために捕らえられた。

強右衛門は、信長、家康の援軍来らずと叫べば命を助け、重く用いようという勝頼

の申し出を承諾したようにみせかけながら、いざとなったとき、城中に向かって、援軍三日のうちに来るべし、各々城を死守せよと叫んで殺されたことは、あまねく人の知るところである。

武田方では、信長の援軍は来ないものと見ていたので、今や、信長の率いる三万、家康の率いる八千、合計三万八千の大軍と戦わねばならぬと知って愕然《がくぜん》とし、自重して軍を退くことを唱えるものもいたが、勝頼は潔く一戦して勝敗を決しようと決心した。

武田勢は、五月二十日、約二千を長篠城の押さえとし、鳶巣山《とびのすやま》の砦に一千を残し、他の全軍をもって滝川を渡り、清井田に進んだ。

これに対して、信長は極楽寺山に、信忠は天神山に、家康は弾正山に、信康は松尾山に陣した。

軍議の席上、家康の部将酒井忠次が、一隊の兵を迂回《うかい》せしめ、鳶巣の砦を攻略して武田勢を牽制すべきことを進言すると、信長は声を荒らげて、

「ばかなことを申す奴だ。かかる大事の合戦に、そんな小細工が役に立つか」

と叱りつけたので、忠次は大いに面目を失って退出した。

ところが、まもなく信長は、忠次をそっと呼び戻し、

「お前の謀は至極妙案だ。先に列座の中で叱ったのは、謀の敵に洩《も》れるのを恐れたからじゃ。急ぎ打ち立って鳶巣を攻めよ」

と言う。忠次勇躍、三千の兵を与えられて、大雨の中を暗中模索しつつ、松山越えに菅沼山にいたり、二十一日払暁、鳶巣の敵を急襲し、守将武田信実を打ち取った。

武田勢は、鳶巣山に上る火の手を見て、敵兵背後に回ったかと驚いたが、もはや前進する以外に途はない。

武田勢の左翼を率いる山県昌景は、突出して柵外に待機していた家康麾下《きか》の大久保隊と火花を散らして戦う。中央隊の武田信康、内藤昌豊ら、予備隊を率いる主将勝頼も、相次いで織田、徳川の主軍に向かって突撃する。

だが、武田勢の得意とする推太鼓《おしだいこ》をもっていっせいに猛進猪突する戦法は、ここで完膚《かんぷ》なきまでに敗れた。

織田、徳川両軍の主力は、いずれも陣の前面に頑丈な柵を設け、鉄砲足軽を柵の中におき、猪突してくる敵に向かって、隙間もなく銃丸を打ち込んだのである。

武田勢は、幾度か柵の際までせまりながら、そのたびに銃丸の雨に打ちすくめられて退き、しかもそのたびに莫大《ばくだい》の死傷者を出した。山県昌景、真田信綱、土屋昌次、横田備中、土屋備前などの聞ゆる猛将も、空しく足軽の銃丸に傷つき斃《たお》れた。頃合よしとみて、信長全軍に総攻撃を命ずる。織田勢は正面から、徳川勢は左側から柵を出て、いっせいに進撃し、大いに武田勢を破った。

このとき、勝頼を救ったのは、馬場信房である。信房は武田勢の右翼隊を率いていたが、織田方の佐久間隊を追って丸山の陣所を奪いながら、あえて織田主力の前面の木柵には近づかず、その麾下を最後の瞬間まで温存していたのである。

今や、勝頼危しとみるや、「すわ、われらが死ぬべきときぞ」と叫び、勝頼の退路を援護しつつ奮戦し、勝頼の姿が遠く見えなくなるのを見届けると、馬首を回らせて敵中に入って、最後の力闘をした後、立派に討ち死にした。

武田勢、まったく敗れて鳳来寺方面に潰走《かいそう》、免れて帰る者わずか三千。

かつては堅甲無比を誇った武田勢の勇猛な密集突撃戦術は、信長方の擁する新兵器三千挺《ちょう》の鉄砲と木柵の前に敗れ去った。信玄以来の宿将の多くが、この役に斃れた。甲軍無敵の伝説的権威は、まったく潰《つい》えた。この役以後、武田氏は、天下争覇の舞台において、すでに二流に転落したものと言ってよい。

四　冷たき夫・悲しき父

一

長篠の一戦に勝利を得た家康は、ただちに遠駿両国に向かって活動を開始し、天正三（一五七五）年中には、遠江の光明城、二股城、諏訪原城を陥れ、さらに進んで駿河に侵入し、遠く伊豆境まで脅かした。

勝頼も、家康の活動を黙視していたわけではない。長篠の役に宿将功臣の多くを失い、兵員も不足していたので、戦死した者の一族を集め、僧侶や巫子《みこ》や医師を還俗《げんぞく》せしめ、土民百姓まで駆り出して、およそ二万余の勢いとなし、駿河に入って家康と再戦しようとした。

家康は、他郷に大軍と戦うの不利を知って、賢明にも兵を退いて三河に還《かえ》る。

勝頼は、鉾《ほこ》を転じて、織田信忠に囲まれた岩村城を救おうとしたが、城が陥ちたので空しく甲州へ帰った。

これより数年は、家康、勝頼相対峙《たいじ》して、特に大きな合戦はない。

家康が浜松にいれば、勝頼は兵を出してその境界を侵すごとき擬勢《ぎせい》を示し、家康がこれを追撃しようとして出馬すれば、勝頼は馬を返して帰国する。

家康もまた、積極的に勝頼の領国を侵してこれと決戦することなく、わずかに駿州の各地を荒らし、勝頼出陣と聞けば引き去る。

両者とも、主将同士の決定的合戦は避け、小競合いに終始したのである。

しかし、結果的にみれば、家康は多くの場合、自分の居城にあって、民力と兵力の休養充実に努め得たのに対し、勝頼は嶮路《けんろ》を越えての、しばしばの出陣に少なからず兵力と民力を消耗した。

信玄以来生き残りの老臣高坂弾正虎綱《こうさかだんじょうとらつな》は、しばしば、勝頼の軽挙を戒めたが、勝頼はこれを聞かず、天正六（一五七八）年弾正が死ぬと、ますます無益の兵を動かして、領国の民の怨嗟《えんさ》を深めたのである。

家康が、衰運の武田に対して、最後の一撃を加えなかったのは、衰えたりとはいえ、なおその武力には相当なものがあり、自己独自の力だけでは、完全な勝利の成算がなかったためであろう。

しからば、彼の同盟者であり、同じく武田の滅亡を切望する信長はこの間、なにゆえに勝頼討滅を企てなかったか。

長篠の合戦に勝利を得たとき、信長家士の中には、この勝ちに乗じて、ただちに勝頼を追撃し、甲斐に押し入るべしと論じた者も少なくなかった。

しかし、信長はこれをしりぞけ、

「このようなときに、勝ち誇って進めば、必ず思わぬ障害にぶつかるものだ。まず、ここ数年、拋《ほう》っておけば、武田の領内に謀叛のものができ、家中もまちまちになるであろう。そのときに馬を出して退治すればよい」

といって、岐阜に引き揚げたのである。

みだりに進めば武田の同盟国である北条氏との衝突も予期せねばならぬし、越前の門徒や大坂本願寺も勝頼に呼応して、信長の背後を脅かしている。もしうかうかと甲信の境で武田勢と長対峙でもするような形勢になったならば、容易ならぬ危険に直面するに違いない。信長が、一時の勝ちに驕《おご》らず、兵を収めたのは当然であった。

美濃に帰った信長は、ただちに、越前門徒の徹底的剿滅《そうめつ》を企て、木の芽峠を越えて越前に乱入し、八月十六日から十九日までのわずか四日間に、門徒一揆の男女一万二千三百五十余人を捕らえて、ことごとく斬り捨てた。

驚くべき乱暴な措置であるが、このため、永年にわたって彼の頭痛の種であった越前の門徒一揆は完全に慴服《しょうふく》した。

ところが、このとき、信長に対抗して、新しい強力な連合勢力が結成されたのである。そして、その主謀者は、またしても、河内の若江から流亡して備後に落ち、毛利《もうり》氏を頼っていった前将軍足利義昭であった。

この飽くことを知らぬ天性の策謀家は、孤影敗残の身となりながら、なおも信長打倒を念願し、中国十州の太守毛利輝元に、将軍家再興のことを頼み込んだのである。

輝元は、面目上これを引き受けた。

義昭は、大いに喜んで、使いをはるかに上杉輝虎（謙信）に送って、武田、北条と協力して信長に当たるべきことを説いた。

かくて、信長に対して、東に上杉輝虎、武田勝頼、北条氏政の連合、西にこれに呼応する毛利輝元、本願寺の連合が結成されたのである。

従来、一応の友好関係を維持していた上杉が敵方になったことは、信長にとっては一大脅威である。信長が北陸往還の要衝安土《あづち》に新城を築いてここに移ったのも、対上杉政策の意義が最も大きかったであろう。

輝虎麾下《きか》の北国兵の勇猛さは、信玄在世当時の武田勢にも劣らぬ恐怖心を、上方勢の心中に植えつけていたから、輝虎上洛の軍勢を発すべしと聞いて、信長も少なからず苦慮した。

幸いにも、上杉、北条の両家は、対信長の関係においては一致したが、関東各地をめぐる長い対立関係は解消していない。輝虎が国を空しくして上洛すれば、永年苦心の東国における上杉の勢力は地を払うかも知れない。

北条牽制の必要と上洛企図との間に挟まれて、断乎たる措置を決しかねている間に、輝虎は天正六（一五七八）年三月、春日山に暴死した。

信長は、最大の強敵の一人から、危く脱し得たわけである。

しかし、西の強敵輝元は、海上兵力をもって本願寺の後押しをして信長の水軍を破り、この状況に応じて、松永弾正久秀、叛旗を翻す。

信長は、松永を攻め殺し、羽柴筑前《はしばちくぜん》を中国征討に差し向け、荒木村重の叛乱を平げ、攻守両面に寧日なき有様で、到底、家康と力を併せて武田討伐の軍を起こす隙《ひま》はなかった。

そして、長篠の役以後、表面上、大なる活動を試みなかったように見える家康は、同盟者信長のために、武田、北条両氏を牽制するという大きな役割を果たしていた。

しかも、この間に、家康が、着々とその内治を固め、武田勢との不断の小競合いの中に、武力を鍛練し、三遠二州の士を、最も強固な精鋭な兵に仕立て上げたことは、大きな利益であったといわねばならない。

二

天正七（一五七九）年、家康は、その生涯を通じて、最も多く彼の心魂を苛《さいな》んだであろう悲惨事に直面した。

ことは正室築山殿《つきやまどの》と嫡子信康に関して起こった。

家康の正室は、既述のごとく、今川氏の一門関口刑部少輔親永の女《むすめ》で、その母は義元の妹である。駿河の御前とも築山殿ともいわれた。

築山殿というのは、彼女が岡崎に迎えられてからも、家康がこれを城中に置かず築山というところに別居せしめたからである。

正室を別居せしめただけでも、家康夫婦の間が早くからうまくいっていなかったことは明らかであろう。

おそらく家康の駿府在住中その妻となった築山殿が、義元の姪《めい》であることをかさにきて、人質たる家康をいささか蔑視《べっし》する傾向があったからに違いない。

家康と築山殿との間には、一男一女が生まれた。男は岡崎三郎信康、女は奥平九八郎信昌（はじめ貞昌）に嫁した亀姫《かめひめ》である。

信康は、永禄《えいろく》七（一五六四）年、信長の娘徳姫を迎えて室とした。

信康の性格行状については、二通り伝えられている。

一つは、暴逆無道の若大将で、家臣の心、おおむね離叛していたとするもの。

その例として徳姫の侍女の小侍従という女を、徳姫の面前で刺殺してその口を裂いたり、踊り子の踊り方が下手だといって弓で射殺したり、鷹野《たかの》に出たとき、坊主に会うと、今日の不猟は坊主に会ったためだといって、坊主の首に縄をつけて馬に引きずり殺させたりしたことが、伝えられている。

また、家康から付けられた老臣たちを、塵芥《じんかい》のごとく遇したので、少なからず反感をかっていた。後に信長から信康のことについて問責された酒井忠次が、全然、若い主人を弁護せず、信康の命を救う機会のあった大久保忠世《ただよ》が、それを看過したのは、そのためだという。

他の一つは、信康を、情愛深く武略優れた薄幸の青年武将であったとするもの。

その例としては、次のような話がある。家康が正室に内証で侍女阿万《おま》の方に生ませた於義丸《おぎまる》（後の秀康）を顧みなかったので、信康は哀れに思い、於義丸によく教え込んで家康が岡崎へ来たとき、家康の居室の障子を少し開いて、

「父上、父上」

と呼ばせた。家康が、はっとして、座を立っていこうとすると、信康はその袖《そで》を控え、

「私の弟を、お目にかけましょう」

と無理に座につかせ、於義丸の手を引いて連れてきて、

「於義よ、近く参って、父上に見参せよ」

と押しやった。

家康も、さすがに懐しく思ったものか、これを膝《ひざ》の上に抱きあげ、

「よい子じゃのう」

と呟《つぶや》くのに、信康は、

「仰せのとおり、至極よい児、行く末は私のよい助けになりましょう」

と、非常に喜んだ。日陰者の於義丸が、公然と世に出て、後の結城《ゆうき》秀康となったのは、まったく信康の弟を愛するはからいのおかげであったのである。

信康の武勇については、たびたびの合戦で隠れもないところであり、長篠の合戦の

後、武田勝頼が、部下に語って、

「今度三河には信康という小冠者のしゃれものが出で来り、指揮進退のするどさ、成長の後が思いやらるる」

と感嘆したと伝えられている。

二様に記されている信康のいずれが真の信康であろうか。思うに、信康はこの両面を共に備えていたのであろう。

年少俊敏勇猛の若大将が、ときには不遇な弟のために涙をそそぎ、ときには若気の憤怒に任せて、手荒い所行をなし、老功の重臣たちに逆《さから》って眉《まゆ》をひそめしむるごときは、いずれも容易に推測し得るところである。

しかし、信康が身を亡ぼしたのは、決して彼自身の罪ではない。むしろ、その母築山殿のせいである。

築山殿は、家康に疎外され、空閨《くうけい》をかこっていたが、信康が徳姫を迎えて相和しているのを見て嫉妬《しっと》に堪えず、まず徳姫を憎んだ。一人息子を嫁に奪われたと感ずる女親の心理である。

徳姫が引きつづき、二回までも女子を生むと、築山殿は、

「武将たるものは、男子の継嗣《けいし》を持たねば頼もしからず、国主の身として一人の妻の

みを守るにはおよびますまい。美しい側室を置いて、男児をもうけ給うこそ、子孫繁昌の基」

とそそのかし、武田の家人日向《ひゅうが》昌時の娘が岡崎に潜んでいたのを、ひそかに信康にすすめた。

この娘は非常な美人で、若い信康は大いに気に入ったらしい。徳姫との間がやや冷却したので、徳姫が怨《うら》みごとをいう。信康が上に述べたように、小侍従という女を刺殺したのは、小侍従がこの隠し女のことを、徳姫に告げ口したと信じたからである。

築山殿は、信康夫妻の間を離間したばかりではない。孤閨独眠の淋《さび》しさに堪えられず、ついに甲州から来た唐人滅敬《げんきょう》という医師と密通した。のみならず、この滅敬と通じて、武田勝頼に款《かん》を通じたのである。

「信康は私の子ですから、これを説得して、武田家に内通いたさせましょう。甲州の兵を岡崎に迎えて家康と信長を滅ぼしたならば、家康の旧領を信康にお与えください。私は甲州に赴きますゆえ、武田家中の方のしかるべき方の妻としてくだされたく」

という、驚き入った中年女の欲情むき出しの書状を見て、勝頼は少々呆れて、大いに喜んだ。早速快諾して起請文《きしょうもん》を送り、

「郡内の小山田兵衛と申す大身の侍が、去年妻を喪《うしな》ってやもめになっているから、お

許はその後室にとりもとう。また、信康は、家康、信長を亡ぼしたならば、家康の旧領の他に、信長所領の中の一個国を進ぜよう」

と答えた。

築山殿の侍女琴は、この勝頼の密書を盗み見ると、自分の妹である徳姫の侍女某にこれを話したので、築山殿の陰謀はたちまち露見、徳姫はそのいっさいを、父信長に報ずべく決心した。

徳姫は、築山殿を恨んでいたばかりでなく、愛情とみに冷却した信康をも恨んでいたに違いない。築山殿の陰謀のみならず、信康の行状のことごとくを十二個条に書きつらねて信長に送ったのである。

天正七（一五七九）年七月十六日、酒井忠次と奥平信昌とが、家康の使者として安土に赴き、良馬を信長に贈った。このとき、信長は、忠次《ただ》を別室に招き、徳姫から申し送ってきた信康の罪十二個条をしめして、その実否を質した。

忠次はその十個条までいささかも弁解することなく、すべて事実なりと答えた。信長は、

「十二個条の中十個条まで真なりというまでは、残りの二個条は聞くにおよばぬ。信康はとてものにならぬ奴であろう。腹を切らせるより仕方があるまい。その旨、家

康に伝えるがよい」

忠次は、承って帰国、ただちに浜松の家康に信長の意向を伝えた。

家康は、黙然として聞き終わると、

「やむを得ぬ。十個条まで一つずつ尋ねられたとき、そんなことはないと答えれば、信長もよもや切腹させよとはいわなかったのであろう。が、そのすべてを然《しか》りといったのでは、信長の切腹させよといわれたことも無理はない。今、武田、北条の大敵を控えて、信長を後楯《うしろだて》としている以上、信長に叛《そむ》くわけにはゆかぬ。三郎に腹切らせよう。是非におよばぬことじゃ」

と、悲痛な決意を固めた。

信康の守役であった平岩親吉《ひらいわちかよし》は、みずから信康に代わって死のうと願い出たが、家康はその心は嬉《うれ》しいが、それで三郎が助かるものではないと、却《しりぞ》けた。

八月朔日《ついたち》、家康は、信長に向かって、その命に従うべきことを確答し、三日、信康を岡崎から大浜に移し、さらに堀江に移した。

ついで家康は岡崎城に入って、三河の諸将を召集し、信康と音問せざる旨の起請文を書かせ、かつ信康を二股城に移して、大久保忠世に警備せしめた。

八月二十九日、野中重政に命じて、築山殿を浜松に近い富塚において殺した。信康に切腹を命じたのは、九月十五日である。

信長に返答を与えてから、一カ月半にわたって、各処に信康を移し、切腹の日を遷延せしめていた形跡があり、しかもその信康を移した土地は、いずれも海浜、湖畔、山間である。家康は信康が脱出して身を隠すことを秘かに期待したのではなかろうか。

ことに二股城に一カ月も、大久保忠世の監視の下に閉じ込めておいたことについては、

「これ忠世が伴いて、山林僻郷《へききょう》へ落とし参らすべきかとの思召なりしと。忠世その心を得ざりしか、また思う所もありけるにや、厳しく警衛して日数を送りける」

という解釈もある。

天方山城守《あまがたやましろのかみ》と服部半蔵の二人から、切腹せよという家康の命を伝えられると、信康は、

「我らが謀叛して、勝頼に一味したなどというのは、思いもかけぬ冤罪《えんざい》だ。このことだけは、そのほうより、わが死後、よくよくお父上に申し上げてくれ」

と遺言したうえ、見事に腹を切り、

「半蔵、なじみなれば、介錯《かいしゃく》頼む」

という。鬼半蔵と呼ばれた服部も、この姿をみては、到底手を下し得ず、刀を投げ

出して泣き出した。山城守は信康の苦痛を見るに忍びず、半蔵に代わって介錯した。

信康、時に二十一歳。

天方、服部の復命を聞いた家康は、黙って頭を垂れたが、涙がはらはらと膝に落ちた。一座にあった本多忠勝、榊原康政をはじめすべての者、座に堪えず、次の間に退いて、声を放って泣いたという。

三

信康は家康の最初の児であり、かつ少なくも武勇の点では何人もこれを認めねばならぬほどの青年であったから、その死は、家康にとって、終生忘れ得ぬ痛恨事として残った。

死者が美化されるという点ももちろんあったであろう。関ガ原の役、未明に兵を発して旗を勝山に進めたとき、馬上の家康が、

「さてさて年老いてから骨の折れることだ。忰《せがれ》がいたならば、こんなことになるまいに」

と、独言を言った。傍の者が、

「中納言殿（秀忠）も、追っつけ馳せつけられましょう」

と慰めると、家康は吐き出すように、

「あの忰ではないわ」

と言ったという。真田昌幸のこもる上田の小城に支えられて、大事の戦場に遅れた秀忠に比べて、

――こんなときに、信康が生きていてくれたならば、
と、若き日の俊敏勇猛な信康の姿を、家康はその瞼《まぶた》の中に思い浮かべたのであろう。

信康を弁護する機会を与えられながら、それをなさず、信長の怒りを激発させた酒井忠次と、脱走の機会を与えなかった大久保忠世に対しては、苦労人の家康には珍しいほどのしつこい不満を持ちつづけたようである。

後年、幸若《こうわか》の舞を見たとき、満仲の曲に、おのが子美女丸の首を斬って主に代わらせた段になると、酒井忠次、大久保忠世の二人に向かって、

「二人とも、あの舞を――何と思う」

と、言って落涙したので、二人とも赤面して、頭も上げられなかったという。

この二人の老臣に、最後まで大禄《たいろく》を与えなかったのも、信康一件のためだといわれている。

『東照軍鑑』によれば、家康が関東に移封され、新たに領土を諸将に分かち与えたとき、酒井忠次が、係の富田左近将監を通じて家康に、

「愚息宮内大輔に知行三万石、某に隠居料として五千石賜わる由仰出されましたが、これでは面目なくて他人に顔を合わせられませぬ。井伊、本多、榊原などにさえ十万石宛《ずつ》下されたのですから、愚息にはせめて伊豆一国くらい下さるべきに、わずか三万石の宛《あて》がいでは、御情なく存じます」

と愁訴した。家康は、富田に向かって、

「誰しもわが子はかわいいものじゃ。我慢せいと申せ」

という。富田は、どういう意味だかわからず首をかしげたが、家康が、

「ただこのとおり申せば、忠次には合点がゆくはずじゃ」

と重ねて言うので、そのとおりを忠次に伝えた。忠次は信康のことを思いだして、はっと胸を衝かれ、ただちに決心して、

「老体にて目も不自由になりましたので、都へ上り入道いたしたく存じます」

と願い出て暇をもらい、上洛して知恩院を頼んで仏門に入り、一智と号した。

家康は、築山殿の他に多くの側室を持った。いずれも大した身分の女ではない。

秀吉が上淫《じょういん》を好み、己れの主信長の一族や、名ある武将の女を側室としたのに対

して、家康は名もなき浪士の娘や、己れの家臣の娘や、農家の娘などを寵愛《ちょうあい》した。

青年時代に名家今川氏の威光をかさに着た築山殿の尻に敷かれた記憶が、いつまでも残って、名門の姫に対して、劣性コンプレックスを抱き、気安く扱える身分の低い娘を選んだのであろう。

ただ一つの例外は、武田信玄の女といわれるお松の方だけだが、これも果たして本当に信玄の女であったかどうか疑問がある。

その他は、お万、お桐、お妻、お茶、お亀、お満、お勝、お睦《むつ》――等々、名前だけみても女中面の想像されるものばかりだ。

お万（小督《こごう》の局《つぼね》）は、三河国池鯉鮒《ちりゅう》の住民永見吉英の娘で、築山殿の侍女であった。家康が内証で手をつけて妊ませたのを知った築山殿が大いに怒って、これを裸にして縛り林間に抛《ほう》り出しておいたのを、本多重次が、その泣き声をききつけ、怪しんで見つけ出し、ひそかに伴い帰って、生ませたのが前述の於義丸である。

お愛の方（西郷の局）は、伊賀の人服部正尚の女。西郷清真の養女として岡崎城に仕えているうちに手をつけ、天正七（一五七九）年浜松城で、後の秀忠を、同八（一五八〇）年忠吉を生んだ。

お妻は秋山虎康の女、天正十一（一五八三）年信吉を生み、下山殿と呼ばれた。これとよく似た名で、下山の御方といわれたのは、市川十郎右衛門の女で、お妻と共に穴山梅雪《ばいせつ》が養女として献上したもの。

お茶の局（阿茶の局）は、遠江金谷の生まれ、父は山田某。はじめ鍛冶屋《かじや》の女房になったが、非常に美人だったので、恋慕する者多く、ついにその一人が夫を殺してしまった。お茶は女児を抱いて三州吉良におもむき、家康の狩猟に出たときを道に擁して夫の仇《あだ》を討たんことを乞うた。家康は、これを聴き届けて夫の殺害者を誅《ちゅう》したが、ついでにお茶を妾《めかけ》にしたのである。これが、松平忠輝の母だ。

お亀は、石清水八幡《いわしみずはちまん》の修験者志水宗清の娘、京の旅先での収穫である。尾州家の祖となった義直を生んだ。

お満（於万）の方にいたっては、紀州大納言頼宣、および水戸中納言頼房の生母であるが、伊豆田方郡徳倉村の百姓の娘で、三島の本陣の飯炊《めしたき》女であったのが、家康が宿泊したとき、湯殿で背を流させたのが縁で妾に昇格した。

お勝は、はじめお八といい、大田《ママ》康資の養女。天正十八（一五九〇）年、わずか十三歳のとき家康に幸《こう》せられ、すこぶる寵愛された。

お睦は、甲州の人三井某の後家、名護屋の陣営で愛された。

この他、家臣鵜殿《うどの》長《ママ》持の女も召出して妾としたし、朝日姫についてきた大さい、小さいという二人の侍女をも妾にしている。

朝日姫は、家康の二度目の正妻である。名前だけは美しいが、秀吉の妹だから器量はあまりぞっとしなかったであろう。第一、家康のところに嫁入ったとき、四十四歳の中婆さんであった。佐治日向守《ひゅうがのかみ》に嫁入っていたのを、秀吉がとり上げて、家康に嫁入らせたのである。おそらく単なる和睦の担保物件としての意味しか持たなかったであろう。日向守は、離縁した後、自殺した。

これらの女たちに生ませた子女で、分明しているのは、男十一人、女五人である。嫡子が岡崎三郎信康、次が結城秀康、第三子が、将軍となった秀忠、それから忠吉、信吉、忠輝。

忠吉は松平姓を称し、薩摩守《さつまのかみ》に任じ、左近衛権中将まで進んだが二十八歳にして、江戸に没した。信吉は武田氏を称《たた》え、一時水戸二十五万石を領したが、わずか二十一歳で死んだ。

第七子の松千代と第八子の仙千代は夭折《ようせつ》し、第九子が尾張義直、第十子が紀伊頼宣、第十一子が水戸頼房である。

長女亀姫は、奥平信昌に、次女ははじめ北条氏直に、後池田輝政に、三女ははじめ蒲生《がもう》秀行と結納したが、秀行が夭折したので、浅野長晟《ながあきら》に嫁した。四女松姫は夭折し、末女市姫は伊達《だて》忠宗と婚約していたが、嫁がぬうちに死んだ。

家康は、秀吉に比べれば、すこぶる子女の運に恵まれていたと言ってよい。十一人の男子は、夭折したものを除き、ことごとく相当の出来栄えである。信康、秀康のごときは、相当以上の傑物であったとも思われる。

信康のことはすでに述べたし、秀康のことは後に述べるから、ここで上総介《かずさのすけ》忠輝のことを一言しておく。

『藩翰譜《はんかんふ》』によると、忠輝は生まれたとき、色がひどく黒く、眥《まなじり》が逆さまに裂けて見るも恐ろしい顔つきだったので、家康は嫌がって捨ててしまえと命じた。皆川山城守が憐《あわ》れんで育て、七歳のときはじめて、公に家康に対面した。家康は、つくづくとその面をみて、

「おそろしい面魂《つらだましい》じゃ。三郎（信康）の幼いときにそっくりじゃ」

と言ったという。してみれば、信康も生まれたときは、恐ろしい面をした赤児であったのだろう。第二子の秀康も、生まれたとき、顔つきが「ぎぎ」という魚に似ているというので於義丸と名付けられたという。異相を備えて生まれたのは傑物の証だとも言えるが、秀康や忠輝は、下賤《げせん》の女の腹から生まれたせいであるかも知れぬ。

忠輝は、高田六十万石を領したが、信康と同じく相当乱暴な所行があったらしく、

ついに家康没後、その遺言によって、伊勢に流され、後、信濃に移された。

世間では、忠輝のことを、徳川家の巣守《すもり》と言った。牝鶏《めんどり》は月に十二卵を生むが、その中に必ず孵化《ふか》しない一卵があり、これを俗に巣守と言う。家康の子は皆俊秀であったが、忠輝のみ独り不肖の子だったというのである。

だが、他の記録によれば、必ずしもそうではない。かなり進歩的な考えをもっていて、キリシタン宗徒たちが、この人に望みを嘱《しょく》すること少なからざりしことが、英人コックスの日記にみられるのである。

家康は、秀吉に比べれば、子女の運は格段に恵まれていたと言ってよい。しかし、その最初の、最愛の子を、殺さなければならなかったことは、なんとしても彼の不幸であり、哀しき戦国の父の悲愁を充分に味わったことであろう。

家康は多くの女を愛したが、正室築山殿だけは愛さなかった。否、これを憎んだ。罪はむしろより多く築山殿の方にあったと思われるが、ともかくも、彼が冷たい夫であったことは否定し難いであろう。

五　信長の客将

一

上杉家は輝虎《てるとら》（謙信）の死後、養子景虎《かげとら》と、甥《おい》景勝とが争っていた。景虎は北条氏政の弟であるから、氏政の妹を娶《めと》っていた武田勝頼はその義弟に当たる。従って当然、勝頼は景虎を援《たす》けるであろうと予想されたにもかかわらず、逆に景勝を助けたので、景勝はついに景虎を取りつめ、天正七（一五七九）年三月鮫尾《さめお》城に切腹せしめた。

同じ七月、勝頼の妹菊姫が越後に輿《こし》入れして景勝の室《しつ》となる。氏政は大いに怒って、信長、家康に通じて勝頼を討とうとして、ここに北条、徳川、織田の連合が成立した。

ここで、家康は、天正二（一五七四）年以来武田氏の有《ゆう》となっている高天神《たかてんじん》城の攻略を決意した。

氏政が味方となり、その海上兵力をもって駿河湾における武田方の行動を完封したため、高天神は甲州との連絡を絶たれた孤城と化したからである。

天正八（一五八〇）年十月、家康は高天神城を包囲し、諸処の砦《とりで》に兵を籠《こ》め、城の周囲に広く深く濠《ほり》を掘りめぐらせ、高土居《たかどい》を築き、柵《さく》を結び、城兵を干し殺す政策をとった。

守将岡部、相木らは、急を勝頼に告げて来援を乞《こ》うたが、同じ城に籠もる部将、横田甚五郎は、これを不可として、別個の意見を勝頼に向かって言い送った。

曰《いわ》く、勝頼みずから来たっても、城の没落は不可避である。味方敗軍となれば、徳川、織田の連合軍は駿河に乱入すべく、北条は甲州郡内、上野、信濃へ兵を出すであろう。そうなれば由々しき一大事である。われらは死を決して切って出る覚悟、来援御無用、と。

勝頼の側近武田信豊、長坂釣閑《ちょうかん》もまた、高天神の救援を不可としたので、勝頼はこれを諦《あきら》め、東上野に兵を出して北条氏を牽制《けんせい》するに止《とど》めた。

見捨てられた高天神は、徳川軍の厳重な包囲の中に年を越し、兵糧《ひょうろう》次第に枯涸《こかく》する。信長の援兵もまた、水野監物《けんもつ》に率いられて包囲軍に加わった。

天正九（一五八一）年三月二十二日夜、糧米まったく尽きた城兵は、ついに城門を一度に押し開いて切って出た。囲みを衝き破って死戦し、万一にも九死に一生を得たならば甲州に奔《はし》って勝頼に見《まみ》えんと誓い合った城兵の勢いは物凄《ものすご》く、攻囲の大軍大いに悩まされたが、大久保平助《へいすけ》（彦左衛門忠教《ひこざえもんただたか》）、大須賀五郎左衛門、本多平八郎、榊原小平太、鈴木喜三郎《すずききさぶろう》らしきりに戦い、城兵を城内に追い返すこと十四度、ついに城を陥れた。

首を獲《と》ること七百三十余。翌日、山林に脱《のが》れ隠れた残兵を探し出して、六百余を殺傷した。

石川数正は城に入って、石牢《いしろう》の中に禁獄されていた大河内源三郎政局《おおこうちげんざぶろうまさもと》を、蓆《むしろ》に載せて救い出し、家康に謁《えっ》せしめた。大河内は、天正二（一五七四）年小笠原与八郎がこの城を勝頼の手に渡したとき、軍監として在城したが、あくまで反対して屈せず、八年にわたって牢獄の中に暮らしていたのである。

このとき、また大久保忠世は、城士孕石主水《はらみいしもんど》を生け捕りにした。主水は、かつて家康が少年の頃、駿府《すんぷ》にあったとき、

「あの三河の小倅《こせがれ》は呆《あき》れ果てた奴《やつ》だ」

と罵《ののし》った男である。家康はこれを誅《ちゅう》した。

高天神の陥落は、武田の武名を著しく失墜せしめたが、それだけにまた、徳川の武

名を顕《あら》わした。

城兵の勇戦によっても知らるるごとく、この戦いは、剛強をもって鳴った武田氏として最後の華々しき合戦であり、信玄以来生き残りの多くの勇士がここで失われた。

一方、家康にとっては、先の長篠《ながしの》の勝利が信長と共同のものであったのに対し、このたびの勝利は、ほとんど単独の成果であったのだ。

そして、凋落《ちょうらく》衰運の過程にあった武田の運命は、この落城を転機として、急速に滅亡への途《みち》を急いだのである。

第一に勝頼麾下《きか》の諸将が、ようやく若き主を見限り、離叛《りはん》の兆をみせてきた。

第二に、勝頼積年のまったくむだな軍旅のため、重税ますますはなはだしく、民心、ひそかに信長軍の来攻を待つほどになっていた。

第三に、勝頼みずから、己れの力に自信を喪《うしな》うにいたった。自信喪失の具体的なあらわれは、新城の築造である。

由来、信玄は常に攻撃をもって最大の守備と信じ、一生を通じて城郭を構えず、ただ、堀一重をめぐらせた館に暮らした。いわば甲斐《かい》一国をもって己れの城としたのである。

しかるに勝頼は、高天神落城後の天正九（一五八一）年七月、韮崎《にらさき》西北の地に新城を築いて新府《しんぷ》と称し、これに移転した。気魄《きはく》の萎縮《いしゅく》、意力の衰微、もって知るべきである。

二

勝頼滅亡の導火線となったものは、木曾義昌の謀叛《むほん》である。

義昌は木曾谷の中央福島の領主である。信玄に属しその娘を室としていたが、武田氏の命運すでにきわまれりと見透かし、信長に降伏を申し出た。

信長は、当時、本願寺を大坂から退去せしめ、加賀《かが》、能登《のと》、越中《えっちゅう》を完全に鎮圧《ちんあつ》し、毛利氏を西へ圧迫しつつあり、充分に東に働くべき余力を持っていたので、義昌の降伏を大いに喜び、徳川、北条と諜し《しめ》合わせて甲州へ打ち入るべきことを決した。

天正十（一五八二）年一月、勝頼は義昌の謀叛を探知して大いに驚き、武田信豊、仁科盛信を大将として義昌を討たしめたが、鳥居嶺において逆撃され大敗したので、勝頼みずから一万五千の兵をもって、諏訪《すわ》上の原に陣を進めた。

信長、ただちに、全軍を甲州に向かって進発せしめる。

駿河口からは家康、関東口からは北条氏政、飛騨《ひだ》口からは金森法印、伊奈《いな》口からは信長、信忠父子。

信忠が伊奈口を進撃してゆくと、沿道の諸城あるいは降り、あるいは城を捨て、逃れ、さながら無人の境を行くがごときさまである。

わずかに、信州高遠《たかとお》城の仁科信盛（勝頼の弟）のみが、信忠の開城勧告を一蹴《いっしゅう》し、

「早々御馬を寄せらるべく候、信玄以来、鍛練の武勇の手柄のほど、おん目に懸くべく候」

と答え、城兵の最後の一人まで戦って全滅した。

駿河口を進んだ家康は、三万の軍を率いて駿府に着し、持舟《もちふね》城を陥したところ、江尻の城主穴山梅雪《ばいせつ》が降を乞い、みずから甲州侵入の案内者たらんと申し出た。穴山は信玄の弟安芸守《あきのかみ》信友の子で、勝頼の妹婿である。

敵四面に迫ると見て、諏訪の陣から新府に引き揚げて来た勝頼は、高遠城の陥落と穴山梅雪の裏切りとを知って、唖然《あぜん》とした。

新府の城郭は、未だ完成しておらぬ状況である。一門、家老の面々、抗戦の意欲まったく失せて、逃亡するもの引きもきらぬ様だ。

勝頼が善後策を残った諸将に相談すると、嫡子信勝は、

「あくまで、この新府の城を守り、かなわぬときは、一同この城を枕《まくら》に討ち死にしよ

う」

と言い、真田安房守《あわのかみ》昌幸父子は、

「上州吾妻郡岩櫃《いわびつ》城は、稀《まれ》なる要害、ひとたびかしこに退いて後図を策し給え、われら先発してお待ちいたす」

という。

勝頼は安房守の言を容れて、これを先発させたが、その後で小山田兵衛信茂が、

「私の居城岩殿《いわどの》に退かるる方がよいでしょう」

と主張し、すでに惑乱して自己の主張を失っていた勝頼は、うかうかとその言葉に乗った。

三月三日早朝、新府の居館に火を放ち、一族主従男女わずか二百余人という哀れな姿で落ちていった。

その夜は柏尾に泊まり、ついで駒飼の郷に七日を過ごしたが、約束した小山田兵衛の迎えは来ない。しびれを切らして、岩殿城に使者を出すと、小山田は笹子に関を構えて、その使者に向かって鉄砲を放った。

さては裏切りおったのかと、切歯したが、いかんともするすべがない。天目山に上ろうとすれば、山上より郷士たちが鉄砲を撃ちかけてくる。やむなく、田野と称する

山地にのがれたが、このときには、従う武士わずかに四十四人、上臈《じょうろう》侍女四十余人。織田方の滝川一益《かずます》ならびに河尻《かわじり》秀隆が、勝頼の逃亡先を求めて、これを取り巻く。勝頼以下、最期の決意を固め、婦女子を刺して、奮戦力闘、相次いで斃《たお》れ、勝頼信勝父子も自殺した。時に、勝頼三十七歳、信勝十六歳。

父子の首は、滝川一益が信忠に献じ、信忠はこれを信長の許に送って実検に供した。信長はこれを飯田城下に梟《さら》し、さらに京に送って、一条戻り橋で獄門に梟した。信長は飯田から上諏訪に進み、法花寺に陣した。家康は、穴山梅雪を従えて三月二十日ここにおいて、信長に対面する。

信長は、ここにおいて、大いに論功行賞を行なった。まず、滝川一益に上野国ならびに信州の小県《ちいさがた》、佐久両郡を与えて関東管領とした。家康には、かねての約束に従って駿河一国を与え、穴山梅雪には旧領安堵《あんど》、河尻秀隆には穴山領を除く甲斐全領、木曾義昌には旧領の他に安曇《あずみ》郡を与えた。その他、信濃四郡を森長可《ながよし》に、伊那郡を毛利河内守に、岩村を森蘭丸《らんまる》に与えた。

四月三日信長は、甲府に入り、十日、帰国の途についた。道を東海道にとったのは、富士見物と駿遠三諸州視察をかねたのである。

宿敵武田氏を滅ぼし、天下制覇を目前に夢みる信長の、この凱旋《がいせん》行旅こそは、彼の一生を通じて、最も華やかな、最ものんびりした旅行であったに違いない。
そして、その凱旋行旅を、充分快適ならしめたのは、家康のいたらざるなき歓待であった。

家康が、どれほど心を尽くしてこの我儘《わがまま》な同盟者を接待したかは、『信長公記』に、如実に記されている。

信長は、柏坂、本栖《もとす》を経て、富士の人穴を見物し、大宮にいたったが、その間、家康は、道をひろげ、石を除き、水を撒《ま》き、左右隙間《すきま》なく警固の兵をおき、泊まりの陣屋は二重三重の柵をめぐらせ普請を申しつけ、その上、士卒の小屋も千間に余るほど陣屋の周囲に設け、諸士朝夕の食事にも万端遺漏なきを期した。

東海道にかかると、諸処に茶屋を構えて、一献進上、信長は大井川を馬上にて越したが、徒渉の士に危険のないよう、家康は川中に人垣を作って渡らしめたという。

さらに天竜川《てんりゅう》では、国中の人数をもって、大綱数百筋引き結んで舟橋をかけて一行を渡した。

泊まり泊まりの馳走《ちそう》には、京や堺《さかい》に人を派して珍奇の贅《ぜい》をつくし、ことに居城浜松においては、歓待この上なき有様であったので、信長もすっかり満足し、かねて用意してあった兵糧米八千石を、家康の家臣たちに分配してやったほどである。

家康としては、信長こそ、己れの現在と将来にとって、無比の良後楯と見ていたからであろう。よもやこの男が、三カ月も経たないうちに、本能寺の黒烟《こくえん》の中に命を喪うだろうとは、夢想もしなかったのである。

三

信長は四月二十一日、安土に帰った。

翌五月八日、家康は穴山梅雪を伴い浜松を発して安土に向かった。駿河を与えられた謝礼の挨拶《あいさつ》のためである。

凱旋行旅に、家康の驚くべきほど手厚い接待を受けた信長は、その返礼のつもりで、沿道諸国の大名に対し、丁重に迎えるべきことを命じた。

十五日、家康安土に着、金三千両、鎧《よろい》三百を信長に献じた。

信長は明智日向守《ひゅうがのかみ》光秀を接待役に命じたので、光秀は京堺より器具を集め、珍味佳肴《かこう》を調《ととの》えて、馳走に心を尽くした。

しかるに、ちょうどこのとき、中国において高松城を取り囲んでいた羽柴筑前守《ちくぜんのかみ》秀吉から、援軍を賜わりたしとの急使が来た。

信長は早速みずから出陣の心を決め、明智光秀、細川忠興《ただおき》、池田信輝らをその先鋒《せんぽう》たらしめんとし、速やかに領国に還《かえ》って出兵の準備をなすべきことを命じた。家康饗応《きょうおう》に一方ならぬ心を労していた光秀は、突如出兵を命ぜられ、半月の準備の徒労になったのを大いに不満に思ったが、やむなく、十七日安土を出て、坂本に帰った。

その心中、すでに逆意あったものか否か、何人も知る由はない。

みずから出陣を決意しながら、信長は悠々と家康慰労のための能楽を摠見寺《そうけん》に催し、また、高雲寺における会食に際しては、みずから配膳《はいぜん》し、酒肴をとって、家康にすすめた。宴後、安土城の天守に招いて展望せしめ、家康はじめ従士にいたるすべてに時《じ》服《ふく》を与えた。

さらに、二十一日、家康が京へ上るときには、京、大坂、奈良、堺を心ゆくまで見物するよう、長谷川藤五郎を案内者として付随せしめた。

家康が、信長の凱旋行旅を必要以上に盛大に接待したことの効果は、充分にあったわけである。

信長の家康に対するこの丁重な取り扱いを見ては、信長麾下の諸将は、いずれも家康を十二分に尊敬しなければならぬと感じたであろう。

すべての者が、家康は信長の被官ではなく、客将であり、賓客であるとの印象を確実に受けたことであろう。家康はみずから信長の前に身をへり下ることによって、その地位を第三者に対して高めるという巧妙な処世術を知っていたのである。

家康は、京を見物して五月九日堺に入り、松井有閑《ゆうかん》の邸に宿した。

六月一日朝、今井宗久《いまいそうきゅう》方にて茶湯、夜は、松井有閑邸にて茶湯、幸若舞《こうわかまい》、酒宴など種々の接待を受け、翌二日、京において信長に会するため、堺を出発しようとした。

そして、そのとき、まったく思いもよらぬ報《し》らせを受けとったのである。

信長に、家康上京の旨をあらかじめ報知する任を帯びて、二日未明堺を発した本多平八郎忠勝は、午刻、河内の枚方《ひらかた》までやってくると、前方から馬を奔《はし》らせてくる茶屋四郎次郎を認めた。茶屋は、家康もかねてよく知る男だ。

忠勝はその顔色のただならぬのに驚いて呼びとめると、

「今朝、日向守謀叛、上様本能寺において御生害」

という驚くべき事実を報らされた。

ただちに茶屋と共に堺に引っ返し、飯盛山の下で、家康の一行と出合った。

家康に従うものは、酒井忠次、石川数正、榊原康政、大久保忠佐《ただすけ》、同忠隣《ただちか》、天野康景、井伊万千代ならびに案内者長谷川藤五郎以下、わずかの人数に過ぎぬ。

このまま京へ進んだとて、犬死にするのみだ。ともかく本国三河に戻ってから兵を調えて、光秀討伐を図るほかないと、皆の意見が一致した。

このとき、家康が、

「このうえは是非もなし、京へ上り知恩院において腹を切って、右大臣家の後を追おう」

と言ったとの説もあるが、家康ともあろうものが、そんな愚劣なことを言うはずがない。

家康がこのとき、どの途をとって三河へ戻ったものか、正確にはわからない。

茶屋由緒書によれば、茶屋が伊賀の辺まで送り、途中、銀銭をもって一揆《いっき》を買収して家康の難を免れしめたとあるが、それから先が不明である。

長谷川藤五郎と旧好ある田原の住人山口藤左衛門が、従者五十、甲賀の士百五十を添えて伊賀路の案内に立たしめ、伊勢の白子浜まで送ったともいう。

伊賀者由緒書によれば、伊賀侍二百人が、伊賀路から白子浜まで案内したことになっており、これは、先に信長が伊賀を討伐して大いに殺戮《さつりく》したとき、三河に脱れた伊賀者が家康に厚く保護された恩に報いたのだとされている。

家康のこのときの伊賀越は、一生の大難の一に数えられているので、色々な方面から自分たちの手柄を申し立てる者が出ているわけだろう。

俗説では、伊賀、甲賀の衆が、後に徳川幕府に用いられて隠密の役を承るようになったのは、このときの功績のためなどと言われているが、それは嘘《うそ》である。前に、岡崎における家康と服部半蔵のことを記したように、伊賀者はずっと古くから家康に仕えていた。『寛政重修服部半蔵正成譜』にも、

「三河国西郡宇土城夜討のとき、正成十六歳にして伊賀の者六七十人を率ゐ、城内に忍入り戦功を励ます云々。元亀《げんき》三年十二月、三方原の役に供奉し戦功あり、浜松城の二丸において御槍一筋を賜ひ、且つ伊賀者百五十人を預けられる」

とある。

伊賀者は、家康ばかりでなく、各地の大名に仕えていたのだ。各種の戦記にしばしば伊賀者が出ているのをみても、それは明らかであろう。

ともあれ白子浜まで脱出した家康は、松坂の商人角屋《かどや》七郎次郎の舟に乗って大浜に着き、六月四日、無事、岡崎城に入った。

穴山梅雪が、どこで家康に別れたかも不明である。『神祖泉堺記事』によると、三日未明、山田村にて家康と別れ、北に向かい木津の村川に沿って草内に至ったとき、郷民のために殺されたという。

『老人雑話』には、

「穴山は路次にて一揆殺せりと言ふ。又は東照宮の所為なりとも言ふ」

とある。存外、家康が殺《や》ったのかも知れない。

六　天下争覇の人

一

天正十（一五八二）年六月十四日、家康は京に上って光秀を誅しようとして、岡崎を発した。

しかるに十七日熱田に進んだとき、羽柴秀吉が、光秀を討滅したとの風説を聞き、十九日には秀吉の使者が、正式にその旨を報じてきた。

信長の仇《あだ》を復した者が、信長の後継者としての地位を強めるであろうことは、当然予想されるところである。

家康にせよ、柴田勝家にせよ、滝川一益にせよ、できれば光秀誅伐を自分の手で行ない、中央に旗を樹《た》てたいと思ったに違いない。

秀吉のあまりにも俊敏な行動は、彼らのすべてにその機会を喪《うしな》わせた。

家康は、絶好の機会が失われたことを知って、臍《ほぞ》を噛《か》みつつ軍を返して浜松に戻った。

光秀が誅に伏した以上、残念ながら兵を京に進めるべき口実がない。信長の死後、織田家中においてその後継者確定のため、多くの紛議が出てくるだろうことは予想し得ても、それは織田氏内部の問題で、家康が介入すべきことではないのである。

家康が、信長に代わって覇を唱えるために兵を起こすとすれば、それは、柴田なり、丹羽《にわ》なり、滝川なり、羽柴なりが信長に代わる地位についたとき、これに向かってなんらかの辞柄《じへい》を設けて、争覇の戦いを挑むという形においてでなければならぬ。

家康は、上方における信長没後の形勢がどうなるか、一応傍観する態度をとった。

光秀討伐の機を失った以上その他にとるべき態度はなかったのである。

だが、その間、彼は無為《むい》に過ごしたのではない。彼の眼前には、手に唾《つば》して取るべき獲物があった。

甲信二州がそれである。

信長の死と共に、この両州は大混乱に陥った。しかも、織田家の諸将は、中央の形勢と織田家の後始末と睨《にら》み合わせての自家の保全に忙しくて、これを顧みる暇はない。

家康は、着々と甲信制圧の手を打っていった。

すでに、堺から伊賀越えをして岡崎に戻ったとき、家康はただちに本多忠俊を、甲州新府《しんぷ》の河尻秀隆に遣わして、

「この度の大事、貴下においても至急上洛されたいであろう。しかし、信州路はおそらく塞《ふさ》がっているであろうから、東海道の家康領を通って行かれるがよい」

と言ってやったが、河尻は家康が自分をおびき寄せて殺すであろうと猜疑《さいぎ》し、忠俊を殺してしまった。

甲州の人士はかねて、河尻の傲岸《ごうがん》を憤っていたので、これを聞くといっせいに蜂起《ほうき》して、六月十八日河尻を撃殺し、甲州全土は大動乱におよぼうとした。信州また然り。上京を中止して浜松に戻った家康はこの報を得ると、七月三日浜松を発し、九日早くも甲府に着し、武田の旧臣を広く招撫《しょうぶ》して人心を懐柔すると共に、酒井忠次に命じて、甲信二国の指揮をとらしめようとした。

甲州はおおむねこれに従ったが、先に擾乱《じょうらん》に乗じて信州高島城を奪い、家康に款《かん》を通じていた諏訪《すわ》頼忠は大いに怒って、

「自分は家康の味方にはなったが、忠次ずれの指揮を受けようとは思いも寄らぬ」

と、高島城の守りを固くして叛《そむ》く。

忠次が兵を率いてこれを囲むと、頼忠は、北条氏直に援兵を求めた。このとき早くも爪《つめ》を磨《と》いで信州に侵入していた北条氏直は、ただちにこれに応じて、佐久郡海野口より進んで、梶ガ原に陣をとる。総勢五万。

徳川勢は、高島の囲みをといて、新府に退いた。

ここにおいては家康は、みずから新府におもむき、八千に足らぬ寡兵をもって、五万の北条勢と対峙《たいじ》して、一歩も譲らない。

八月十二日、北条氏忠一万の兵をもって、甲駿の境を越えて黒駒《くろこま》に出て、家康の後方を擾乱しようとしたが、家康は鳥居元忠、水野勝成らをしてこれを襲撃せしめて、大勝を博した。

北条氏頼むに足らずと見た小県《ちいさがた》郡上田の城主真田昌幸は、家康に内応し、碓氷《うすい》峠に陣して小田原からの糧道《りょうどう》を絶った。

氏直は、家康との対陣が長びくにつれ、士気とみに衰えるのを憂い、十月二十九日、家康に和を求めた。その結果、甲信二国は家康に委ね、上州は氏直の領とすること、家康の二女徳姫を氏直の室とすることを条件として、和議成立、十一月末、両軍共に兵を撤した。

かくて、翌天正十一（一五八三）年春までには、甲州一国はもちろん、信州も上杉景勝に属する川中島四郡を除けば、おおむね家康に属するにいたったのである。

家康が、もっぱら力を甲信二州の経営に注いでいる間に、上方の形勢は一変していた。

山崎の一戦に光秀を屠《ほふ》った秀吉は、信長の後継者を決定すべき清洲《きよす》会議において、柴田勝家の推す信孝（信長の第三子）をしりぞけ、わずか二歳の三法師《さんぼうし》（信忠の嫡子、信長の嫡孫）を擁立することに成功した。

次いで、天正十一（一五八三）年四月二十一日賤《しず》ガ嶽《たけ》の戦に快勝、同二十四日北ノ荘に柴田勝家を亡ぼす。滝川一益も長島に攻められて降り、旧織田家の諸将、もはや秀吉に抗《あらが》わんとするもののなき様である。

同年五月より大坂に壮大なる城郭を築き、十一月ここに移ったが、このときすでに信長が苦心獲得した領土と栄光のほとんどすべては、実質的に秀吉の手中に握られてしまっていたといってよい。

信長の第二子信雄《のぶかつ》は、さきに秀吉に荷担して信孝を攻めて自殺せしめていたが、秀吉の威望隆々として、己れの影がまったく薄くなったのを見て、不満でたまらない。

「きやつ、父の草履《ぞうり》取りをしおった下司《げす》の分際で」

と、憤慨してみたが、もとより自分一個の力で秀吉を打倒することなど思いもよらぬ。

となれば、当然、彼が己れの後楯として選ぶのは、家康以外にはないのである。信長の弔合戦の好機を逸した家康は、信雄によって、天下争覇の第二の機会を与えられることになった。

二

信雄と家康との連絡が、いつ頃から始まったか、もちろん、正確には知る由もないが、両者共に、対手《あいて》を利用するべきときのあることは、早くから予想していたに違いない。

天正十一（一五八三）年正月、家康が甲州から戻って、岡崎へ入城したと聞くと、清洲にいた信雄は即刻、岡崎にやってきて、夜おそくまで人を遠ざけて密談した。

『小牧《こまき》陣始末記』に、

「畢竟《ひっきょう》、秀吉の仕方にては、始終保つことは成り難く、末々は□□と相見ゆる。然る時は、どうかといふ埒《らち》を、御相談と聞ゆ」

とあるのは、正鵠《せいこく》を得ているであろう。同書には、翌十二（一五八四）年二月にも、家康が酒井忠重を信雄の許に遣わして、密議するところがあったと述べている。そして、信雄と秀吉との間が決裂したのは、ちょうどその頃なのである。

ともあれ、秀吉との一戦を決意した信雄から、後援を頼まれると、家康は快諾した。

家康にしてみれば、成り上りの秀吉に、なすところもなくむざむざ屈服する心はない。いずれひとたびは、合戦の場において雌雄《しゆう》を決し、天下の権を争おうと考えていたであろう。信雄の依頼は、願ってもなき好き機会である。

旧主の遺子をないがしろにする秀吉に対して、敢然起《た》ってこれに一矢報い、信長の旧恩に報いんとす、というのは、立派な大義名分である。

その上、秀吉の勢い、旭日のごとく、放置すれば、とどまる処を知らず、遂にこれと対等に戦うこと不可能の事態になるかも知れぬ。

秀吉打倒の上策としては、むしろ、もっと早く柴田と呼応して起つべきであったかも知れない。一日遅ければ、それだけ秀吉の勢力は、雪だるまのごとく膨張しつつあったのだ。

今こそ起つべき秋《とき》――と、家康は感じたのだ。

彼は、表面にはあくまで信雄を立てながら、対秀吉の遠大な謀略をめぐらせた。

まず北陸において佐々《さっさ》成政を動かして、前田、丹羽の領分である加越を襲わしめようとし、四国においては、長宗我部元親《ちょうそかべもとちか》と結んで、淡路《あわじ》から大坂を衝かしめようとした。

さらに、中国の毛利氏、紀州の雑賀《さいか》党および、本願寺門徒らをして、四国勢と協力して、大坂を脅かさせようとした。

北条氏とは、姻戚《いんせき》関係を結んで背後を固め、かつ、秀吉方の上杉の牽制も図る。

これに対して、秀吉もまた、遠大なる対抗策を講じた。

彼は上杉景勝をして、一方において佐々成政を牽制せしめ、他方、甲信の徳川領土を脅かしめようとした。

紀州の雑賀党および本願寺に対しては、中村一氏《かずうじ》、蜂須賀《はちすか》家政、黒田孝高《くろだよしたか》を当たらせ、淡路の仙石秀久《せんごくひでひさ》に長宗我部を遮《さえぎ》らせ、岡山の宇喜多《うきた》秀家をして毛利氏を阻ましめた。

家康方と秀吉方の兵力を、概観すればほぼ次のごとくになる。(『近世日本国民史』豊臣時代、甲篇)

秀吉の勢力圏は、二十四州にまたがっている。山城、大和《やまと》、河内、和泉《いずみ》、摂津《せっつ》、志《し》摩《ま》、近江、美濃、若狭、越前、加賀、能登、丹後、丹波《たんば》、但馬《たじま》、因幡《いなば》、播磨《はりま》、美作《みまさか》、備前、淡路、および伊賀、伊勢、伯耆、備中、の一部におよんだ、その石高約六百三

十万石内外、可動兵力十五六万。丹羽長秀、前田利家、宇喜多秀家、細川忠興、蒲生氏郷《うじさと》、堀秀政、筒井順慶《じゅんけい》、中村一氏、仙石秀久、九鬼嘉隆《くきよしたか》、織田信包《のぶかね》、南条元続《なんじょうもとつぐ》、宮部継潤《みやべけいじゅん》、池田勝入《しょうにゅう》、森長可《ながよし》の諸将が幕下に参じている。

家康と信雄の連合軍をみると、信雄の所領は、尾張全国と伊賀および伊勢の一部で、約百七万石、兵数二万六七千人。家康の領土は、三河、遠江、駿河、甲斐および、信濃の一部で、百三四十万石、兵数三万四五千人、両者合わせて約六万一千人、兵数においては、秀吉方の三分の一強である。

しかし、家康方の兵力は、家康の下に最も強く団結し、最強を誇った三河武士と、旧武田の遺産である甲州の精兵とを中心とするものであるのに対して、秀吉のそれは、眼前の利害に誘引された烏合《うごう》の兵に近い。幕下の諸将も、一両年前までは、秀吉と並んで信長に仕えたもの、あるいはその地位が秀吉の上にあったものである。兵数の差を、そのまま両者の兵力の差とは見なし得ないこともちろんであろう。

三

秀吉、家康争覇の決戦たる小牧の役なるものは、一応、天正十二（一五八四）年三月七日、家康が浜松を発したときに始まり、秀吉、信雄の和議成立した十一月十一日に終わると見てよいであろう。この間に、長久手《ながくて》の戦闘および、蟹江《かにえ》の攻城が含まれる。

もちろん、両者の争覇戦は、この十一月十一日をもって、最後的に結着したのではなく、その後の政治戦略戦を経て、天正十四（一五八六）年十月、家康の入洛《にゅうらく》によって、秀吉の勝利が名実共に完成するのである。

七日に浜松を発した家康は、八日岡崎に着し、十三日清洲城へ入った。

この間、九日に、信雄の部将佐久間正勝は関盛信の籠《こ》もる亀山城を攻めたが容易に抜けず、蜂の古塁を修覆してこれに拠《よ》ったところ、翌日、秀吉方の織田信包、堀久太郎、蒲生氏郷ら、きびしく攻めたてたので、正勝らは城を捨てて脱れた。

同じく十三日、池田勝入は、犬山城を陥した。小牧の前哨戦《ぜんしょうせん》はいずれも秀吉と信雄の部将によって戦われ、前者の勝ちに帰しているのだ。

十四日、清洲において、家康と信雄は、軍議を開いた。榊原康政進み出て曰《いわ》く、

「小牧山は尾張平野に屹立《きつりつ》する孤山で、高くはないが眺望広闊《こうかつ》、国中一円、一目に見渡せるところです。敵にとられては一大事、速やかに我方において占領し、山上の旧砦を修補するのがよいと存じます」

家康は、これを容れ、小牧山に本陣を立てた。小牧山は高さ八十メートル、山頂は五百坪あまりの平地で、先に信長が塁砦を築いたことがある。これを先んじて占拠したことは、確かに家康の成功であった。

十六日、秀吉方の森武蔵守長可《むさしのかみながよし》、金山城を出て羽黒に陣する。酒井忠次はこれを知って、家康に、

「森は、鬼武蔵と呼ばれる勇士です。彼を討ち破って、三河武士の骨節を、上方勢に思い知らせてやりたいと思いますが」

と願い、松平家忠、奥平信昌らと共に、羽黒川を隔てて森の軍と戦って大いにこれを破り、首を獲ること三百余級におよんだ。

これよりさき、公称十二万騎を率いて十日、大坂を発し、十一日江州坂本に下った秀吉は羽黒の敗報を聞くと、ようやく腰を上げ、二十六日美濃路に入り、二十七日犬山城に入った。

翌日小牧山に対して向城を構えた。

本営は楽田《がくでん》に定め、二重堀《ふたえぼり》、田中、小松寺、外久保山、内久保山、岩崎山、青塚、小口などの砦に、およそ六万の兵である。

『榊原家譜』には、このとき、榊原康政が作って諸軍に送ったという檄文《げきぶん》が載せてあ

る。

秀吉は野人の子、馬前の走卒に過ぎぬ身が信長の殊遇によって将帥《しょうすい》の身となりながら、その莫大な高恩を忘れ、非望を企て、

「——将《まさ》に其君を滅して後、国家を奪はんとす。惨《いたま》しき哉《かな》、さきに信孝公を殺し、今又、信雄公と兵を結ぶ。大逆無道、いふに堪ふべからず」

とある。秀吉も、これには内心、忸怩《じくじ》たるものがあったであろう。丹羽長秀への書状に、

「さてさて、をかしき事申し廻られ候と、笑ひ申候」

などと書いてあるが、その実、痛いところをつかれて憤然としたろうことは明らかである。

四月二日、三日と、秀吉方は小牧山の麓《ふもと》に迫り、家康方応戦してこれを退けた。

四日、秀吉は、岩崎山の西南から二重堀にいたるまで二十余町にわたる土塁を築かせたので、家康も、小牧山の北麓東端から八幡塚まで一直線に土塁を造らせて対峙した。

時に、池田勝入信輝、秀吉に請うて、

「家康の陣をうかがうと、その軍兵が日毎に小牧に集まっております。恐らく三河は

空っぽになっていると思いますから、私は密《ひそ》かに三河に入り、在々所々に放火して岡崎城攻略の態勢を示せば、家康は必ず慌てて軍を退くでしょう。これを追撃すれば、容易に粉砕し得ると思われます」

秀吉はいったんは危ぶんだが、勝入が強いて主張するので、深入りを戒めたうえ、これを許した。

勝入は、みずから先鋒となり、森長可、堀秀政、三好秀次らと共に、二万四千の兵を率いて、六日、深夜、楽田を発した。

土民の通報と諜者《ちょうじゃ》の偵察によって、これを知った家康は、八日払暁、まず水野勝成らを先発せしめ、酒井忠次、本多忠勝、石川数正らに小牧の守備を委ねたうえ、夕刻、みずから信雄と共に、密かに小牧を発した。

三河侵入軍の先鋒、池田勝入は岩崎方面に進んだが、岩崎の城を守る丹波氏重はこれを見て、砲火を開いてさえぎった。飛丸が勝入の馬に当たり、勝入は馬から落ちたので大いに怒って城を攻撃し、遂にこれを陥れたが、このために著しく前進を遅らせた。

この頃、羽柴秀次の軍は、矢田川と香流川の中間に休息し糧食をつかっていたが、突如前後両面から、家康の軍勢に不意打ちをかけられ、散々に敗れて、長久手の方面に潰走《かいそう》した。

堀秀政は、長久手の南方に進んでいたが、盛んな銃声を聞いて、訝《いぶかし》んでいるところに、秀次の軍が続々と逃走して来たので、ただちに檜《ひ》ガ根《ね》の高地に陣を布いて待機する。勝ちに乗じて急追してきた榊原康政の兵、そのいっせい射撃に会って狼狽《ろうばい》し、敗れ去った。

秀政の兵、これを追ったが、家康の馬験《うまじるし》をみて、岩作《やさく》の北に退き、稲葉に向かって逃れた。

池田、森の軍は、岩崎城を陥れて、幸先よしと喜んでいるところに、家康の出動と秀次の敗走を聞いて大いに驚き、ただちに軍を長久手に返し、家康の軍に対した。

家康は井伊直政、大久保忠佐《ただすけ》らをして、池田勢に向かわせる一方、森勢に向かって鉄砲隊を間断なく打懸けさせた。森長可、屈せず、家康の陣に向かって猪突《ちょとつ》したが、銃丸に当たって討ち死にし、森勢まず潰滅した。

ついで、池田の軍もまた、井伊、水野、榊原の諸勢に包囲され、勝入信輝、その子紀伊守之助《きいのかみゆきすけ》共に戦死し、之助の弟輝政のみ、漸《よう》く脱出することを得た。

家康は敗軍を追撃し、矢田川にいたって止み、軍を小幡《おばた》城に収めた。

秀吉は、九日午後、長久手の敗報を得て、大いに驚きかつ怒り、二万の軍を率いて楽田を発し、庄内川に沿って下津尾に進む。

本多忠勝は、これを知るや、小牧を守っていた同僚石川数正、酒井忠次らに向かって、

「ここの守備は諸君のみで充分だ。私は戦場におもむいて殿の安否を見届ける」

と、わずか五百余騎をもって、秀吉の軍を追躡《ついじょう》し、小川を隔てて相並んで馬を進め、ときどき銃を発して戦いを挑んだ。

竜泉寺へ十町ほどになったとき、忠勝が川端で馬の口を洗わせているのを見た秀吉が、

「あの鹿の角の兜《かぶと》を着し、長槍を横たえて馬に水飼うは、何者じゃ」

と問う。稲葉一鉄が、

「先年の姉川の役にて見覚えております。家康の家臣本多平八郎と申すもの」

と答えると、

「呆れ果てた大胆な奴だ。しかし、主の為に、わずか数百の兵で、二万の兵を、いささかなりとも阻もうとする心掛けがしおらしい。戦ってはならぬ。見のがしてやれ」

と言ったという。

秀吉は、小幡城にいたってただちにこれを攻め破ろうとしたが、日没になったので、

明朝を期して攻撃することにした。

ところが、翌朝になってみると、家康は、夜のうちに引き揚げて小牧に還《かえ》っていったことを知って、家康の用兵の機敏なるに驚き、兵を収めて楽田に還った。

四月一杯は、秀吉方は二重堀の備えを固くして守り、家康方もあえて進もうとはせず、二十六日の夜に小競合いがあったのみであった。

五月一日、秀吉は堀秀政を楽田に留め、いったん軍を引き揚げたが、その途中、加賀野井および竹ガ鼻の二城を攻め落とした。家康がその救援に出て来たらば、これを討ち果たそうという策戦であったが、家康はその手に乗らず、十二日、酒井忠次を小牧山に残して清洲に退いた。

六月半ば、信雄方の蟹江城を守る前田与十郎は、滝川一益の誘いに応じて秀吉方に内応し、一益を城中に入れた。家康、信雄は、蟹江城を取り囲んで烈《はげ》しく攻めたてたので、一益は与十郎を殺し、城を開いて伊勢に去った。

八月半ば、秀吉再び数万の軍を率いて美濃に入り、本陣を二宮山におき、家康もまた、岩倉に進出し、両軍相戦うかと思われたが、対峙すること一カ月、九月半ば、秀吉は大垣に退き、家康も清洲に戻った。

翌十月には、秀吉は京に上って二条城に入り、家康は岡崎に還った。

十一月、秀吉は伊勢に軍を出し、その部隊は長島の信雄の兵と小競合いを演じたが、このとき、陣営の中に富田左近、津田隼人の二人を招き、

「自分は信長公の恩を受けること莫大である。たまたま信雄殿が、自分を討とうとされたのでやむをえずに兵を構えたが、もともとわが本意ではない。少しも早く和を結びたいと思っている。両人相談して、和議の調うように努力してくれないか」

と、言ったので、両人大いに喜び、信雄を説いた。

戦い久しきにおよんで、すでに飽き疲れていた信雄は、家康になんら相談することなく、単独にこれを受け入れ、十一月十一日矢田河原《やだかわら》において、秀吉と相会して和議が成立した。

この報知を受けたときの家康心中の憤怒は察するにあまりがある。

——争覇の戦い、われ敗れたり、

と、痛恨の思いを抱いたであろう。

しかし、この度の合戦の主体は、表面上はあくまで信雄であり、家康はこれを援けて起《た》ったという形である。肝心の信雄が和睦《わぼく》した以上、家康は戦う名目を喪ったのだ。

家康は、とりあえず石川数正を信雄と秀吉の許に遣して、和睦を賀し、二十一日浜松に帰った。

講和条件は、犬山城および北伊勢四郡を信雄に還すること、信雄より実子を人質として出すこと、両軍の築いた新城はことごとく破却すること、さらに家康の子於義丸《おぎまる》を秀吉の許に送ること、ただしこれは人質としてではなく、秀吉の養子とすることなどである。

四

小牧の役の評価については、江戸時代を通じて、この戦役中の長久手の戦闘における家康方の勝利を過大評価し、この役全体を通じて家康の勝利と見る説が行なわれているが、これは徳川氏治下においては当然であろう。

後年、秀吉が諸大名列座の席で、己れの武功を誇り、

「およそ本朝において、この秀吉の指揮する軍に打ち勝つものはあるまいぞ」

と言ったのに対し、家康が、

「殿下、小牧の役のことを忘れられたか」

と、やり返したので、秀吉大いに愧《は》じたという話が伝えられている。

円熟老巧の家康が、こんな馬鹿げたことを言うはずはない。仮りに腹の底でそう思

っても、さあらぬ態《てい》で微笑しているであろう。これは小牧の役をもって家康の大勝利とする考え方から生まれた作り話に過ぎぬと思われる。

こうした考えの代表的なものは、頼山陽《らいさんよう》の著名な一句、

「公（家康）の天下を取る、大坂に非ずして関ガ原に在り、関ガ原に非ずして、小牧に在り」

にみられる。爾来《じらい》、小牧の役を説くもの、この一句を引用せざるはない。

しかし、小牧の役は、大局的に見れば、明らかに秀吉の勝ちであり、家康の敗けである。ただ、家康は惨敗せず、充分に面目を保ちつつ敗れたものと言い得よう。

それは、小牧の役なるものの性格を熟視すれば、明白にわかることだ。

この役は、秀吉と家康との間に行なわれた天下争覇の戦いである。この戦いの勝利者が、中原《ちゅうげん》の鹿《しか》を射止める者であることは疑いない。

小牧の役の当時、秀吉に対抗してその覇業を食いとめ得るもの家康の他になく、家康の天下を望む途《みち》を塞《ふさ》ぐもの秀吉を最たるものとする。

両人とも、信長の生存中には、おそらく潜在意識としてはともかく、確然たる意識としては天下を望む心はなかったであろう。信長の死と共に、その希望は、勃然《ぼつぜん》として二人の胸中に湧《わ》いた。

しかも、信長の死んだときにおける二人の地位は、断然、家康が有利であった。秀吉が、単なる信長の一部将であり、部将としても、柴田、丹羽の下に位し、滝川らと同列にあったのに対し、家康は信長の最も丁重に待遇した客将であり、三遠駿の太守であった。武田亡び、信長死した以上、最も有力なる中央制覇の候補者である。

秀吉が山崎の役と賤ガ嶽《しずたけ》の役によって、その地位を急上昇させたとはいえ、小牧の役当時においてさえ、従《じゅ》四位下の参議であったのに対して、家康は従三位参議であった。武将の官位のごとき、実力とほとんど関係ないとも言えようが、それは、当時の社会的評価の一端を示しているのだ。

家康は信長の弔合戦において秀吉に先を越され、天下制覇の第一のチャンスを喪ったとはいえ、制覇のことを諦めるはずはない。

甲信の経営に専念するごとく見えたのは、その領土を最も抵抗の少ない方面に拡充し、兵力を増大し、後図に備えたものに相違ない。

表面上は信雄の依頼によってはじめて秀吉と戦うことになったものの、仮りに信雄の依頼なしとしても、両者は必ず一度は衝突せねばならぬ運命にあったであろう。

小牧の役における信雄はあくまでもロボットである。

信長の遺児を助けての義戦というのは口実に過ぎない。家康が小牧の役に大勝して中央に乗出したと仮定した場合、果たして信雄をいかに処遇したであろうかを考えてみるがよい。信雄を信長の後継者として立て、自分がその下につくごときことは断じてなかったに違いない。信雄は、秀吉が勝つにせよ、家康が勝つにせよ、信長の覇権を受けつぐことは絶対にできなかった不肖の児《こ》である。

ただ彼は、家康の起つべき口実として最も大義名分にかなった存在であった。家康は、義戦の名目を得た。直属の精兵としては、三遠甲の鉄甲を有し、中国に、四国に、近畿に、伊勢に、秀吉の敵と連絡するを得た。

秀吉の兵力は、数において家康方に勝っていたとはいえ、つい一両年前までは先輩または同輩たりし者との連合勢である。背面はことごとく敵であり、故主の遺児と戦うという名分上の不利を負っている。戦端の開かれたとき、果たしてどちらが実質的に有利な地位にあったかは、容易に判定し難い。

ただ、開戦前に、先輩丹羽長秀を自家薬籠《やくろう》中のものとし、信雄の誘引しつつあった池田勝入を己れの幕下に奪取したのは、明らかに秀吉の成功である。

宣戦が布告せられてからも、犬山城奪取によって秀吉が先手をとった。

長久手に秀吉方が敗れたことは顕著であり、その際の家康の行動が水際立って立派であったことも、万人の認めるところである。

しかし、このときの敗れた秀吉方は、池田勝入に率いられた三河侵入部隊に過ぎず、これに対して家康方は、家康みずから率いる主力部隊である。

長久手の勝利は決して小牧の役の勝利を意味せず、その敗北は決して小牧の役の敗北を意味しない。長久手の戦いは、小牧の役という戦争（War）状態の継続中における一戦闘（Battle）に過ぎない。

さればこそ、秀吉もこの敗軍のとき、家康の戦略を激賞しながらも、

「家康はまことに無双の名将だが、今にその名将に長袴《ながばかま》きせて、上洛せしめ、わが幕下に帰せしめてみするぞ」

と言いきったのである。秀吉は長久手の Battle に敗れたことは認めながら、対家康の War には勝つ自信を持っていたのだ。

果然、家康は、救うべからざる大失敗をした。

合戦の金看板であるロボット信雄に対する秀吉の懐柔の手を防止することを怠ったのだ。Battle は専《もっぱ》ら兵力の激突によって行なわれるが、War は武力のみをもってするものではない。武力と同じ程度に、政治的駆け引きが重要な手段となる。信雄を秀吉の懐柔に委ねたのは、政治戦における家康の完敗である。

信雄の単独講和によって、家康は自己の敗北を知った。於義丸を養子の名において

人質に出して、秀吉と和を結んだのはそのためである。

再び言う、家康は小牧の役に敗れ、天下争覇の戦いに敗れた。その第一の、疑うべからざる証拠は、先に天下をとったのが、家康ではなく秀吉であるという確然たる事実である。

長久手の勝利を過大評価するのは誤りである。この一戦の勝利をもって、少なくも軍事的には家康が秀吉の上にあると見るのも正しくない。一戦の勝利をもって優劣を論ずべきものならば、沼田城を攻めて敗北した徳川の武略は、真田のそれに劣るとも言い得るわけだ。

家康を神とあがめ、その武略を完璧《かんぺき》のものとして礼拝した時代に書かれた文書によって、小牧の役を家康の勝利と断ずるのは愚かなことである。山陽の筆法をもってすれば「秀吉の天下を得たる、山崎に非ず、賤ガ嶽に非ず、小牧にあり」と言うべきであり、また「家康の一たび天下を喪ひたるは小牧の役にあり、これを回復したるは関ガ原にあり」とでも言うべきであろう。

七　失意の人

一

家康を指して、失意の人と言う。この見出しは、おそらく従来のいかなる家康伝にもないものであろう。

しかし、私は小牧の役において、家康が身分上のはるか後輩たる秀吉のために敗れ、天下争覇の戦いに敗れたと信ずるがゆえに、その直後の家康を、あえて失意の人と言う。

従来の見解は、小牧の役後、数年にわたって家康が屹然《きつぜん》として秀吉に屈せず、遂に秀吉方より辞を低くし、妹を室《しつ》に送り、老母を人質として、辛うじて家康を上京せしめたものとし、この間の家康の堂々たる態度を惜しみなく賞賛している。

しかし、それは明らかに買い被りである。

天正十二（一五八四）年十一月十一日小牧の役終結して以来、天正十四（一五八六）年十月二十五日家康上洛までの約二カ年間をみれば、家康は天下に望みを失って気力屈し、不貞腐《ふてくさ》れていたものとしか思われない。あるいはせいぜい好意的にみても、秀吉に対する反噬《はんぜい》の機会を狙《ねら》いつつ、遂にその機会まったく去ったことを知って、秀吉に屈服する決意を固めるにいたったとしか思われない。

この二年間における両者の行動を一瞥《いちべつ》すれば、それは明白である。

秀吉は、この間に根来《ねごろ》、雑賀《さいか》の一揆を勦滅《そうめつ》して紀州を平定した。四国を討伐して、長宗我部元親を降伏せしめた。北国に進攻して佐々成政を降した。その官位は人臣《じんしん》至上の関白に上り、豊臣氏と称した。

すべてこれ、わずか二カ年の間のことであり、彼はその得意の絶頂に上りつつあったと言ってよい。

これにたいして、家康はこの間、ほとんど何事もしていない。秀吉打倒を持ちかけた佐々成政を見殺しにした。北条氏政と黄瀬《きせ》川の東に会見したときには、汲々《きゅうきゅう》としてその驩心《かんしん》を得るに努めた。そのほかは、ただ、狩猟に日を暮らしている。まさに天下失意の人、わずかに鬱《うつ》をやるの貌《かたち》である。

しかも、この間に、益々家康にとって不快な事件が勃発している。その一は、真田昌幸を攻めて敗れたことであり、その二は、宿老石川数正が出奔して秀吉の麾下《きか》に属したことである。

真田昌幸は、武田氏の将であったが、武田氏の滅亡後は信長に属した。信長の没後は、四囲の形勢に応じて、時に上杉と結び、時に北条に頼り、さらに徳川に属した。

家康が北条氏と和睦したとき、家康が信州を収め、北条が上州を取ることを条件としたのは既述のごとくである。

北条氏はこの約に従い、信州の佐久郡を家康に譲ったうえ、真田の領していた上州沼田を請求したのは当然である。

家康は、真田に命じて沼田城を北条氏に交付せしめようとしたが、真田はこれを拒んだ。

「沼田は、わが槍先の手柄にて獲た領地だ、今、これを故なく北条に明け渡すことなど思いもよらぬこと」

と、ひそかに上杉に通じ、秀吉に援《たす》けを乞うた。

こうなっては、家康も面目上からも、また北条氏に対する仁義からも、そのまま放置することはできぬ。

家康はみずから駿府におもむいて総指揮をとり、天正十二（一五八四）年閏《うるう》八月二日、大久保忠世、鳥居元忠、平岩親吉らを大将とし、七千余人をもって上田城を攻めさせた。

秀吉は、上杉景勝に上田救援を命じたので、景勝は、河田摂津、本庄豊前《ぶぜん》、安田上総らに六千五百の兵を添えて、上田城に送った。

上田城下に迫った徳川軍は、小城とあなどって力攻めに攻め寄ったが、真田昌幸は聞こえる戦《いくさ》上手である。

根子村に二男幸村、砥石《といし》城に嫡子信幸、矢沢の砦に矢沢但馬を籠めて待伏せ、城外小野の山陰にも郷兵を伏せておいた。

寄せ手が城下町に入ると、町々の横小路には柵を結び簾《すだれ》を掛け、その際から城兵がしきりに銃を発した。

押しに押して二の丸まで進むと、城兵は門を開いて切って出て、寄せ手の乱れるところを、砥石、矢沢、小野、根子の伏兵一度にその後方に鬨《とき》の声をあげて鉄砲を放つ。

寄せ手はまったく敗れて奔《はし》り、死する者三百余人。

大久保忠世は、辛うじて敗兵を加賀川畔にまとめたが、昌幸が対岸に陣しているのを見て、徳川勢は、敢《あえ》て川を渡る気力さえなく、昌幸は悠々と城内に引き揚げた。

翌日、昌幸はまた、城を出て手白塚に陣したが、前日の敗戦にこりた徳川方は、鳥居、平岩ら容易に動かず、わずかに大久保勢が、小競合いを演じたに過ぎぬ。

爾来、徳川勢は上田城を遠巻きにして持久の策をとったので、真田は次男幸村を人質として、景勝の出馬を求めた。

景勝はこれに応じてみずから出馬しようとし、その先鋒藤田能登守《のとのかみ》が上田に到着したので、家康は、滞陣の長びくことを怖れて諸将に退軍を命じた。

二十六日、徳川勢は、なんら成果を得ることなく、空しく兵を退いた。

二

上田の敗北に気を腐らせていた家康にとって、さらに憂鬱な事件となったのは、石川数正の出奔である。

数正は、譜代の旧臣であり、家康幼少の頃から身辺に従ってきた無二の宿臣である。三郎信康を今川家から取り戻して来たことはすでに述べた。度々の合戦に、その軍功は挙げて数うべからず、浜松についで重要な岡崎城を預けられていた。いわば徳川家柱石の一人である。

この数正が、天正十三（一五八五）年十一月十三日、突如、妻子一族を従えて岡崎城を出奔し、大坂に上って秀吉に臣従したのである。

家康にとって、否、徳川の家士一同にとっても、驚くべき意外事であり、痛憤事であった。

数正は、信州深志の城主小笠原貞慶の質子を引き連れて去った。これはもちろん、貞慶と打ち合わせてのことである。

貞慶は、この翌月、兵を起こして高遠の城を攻め、その付近の村落に放火した。この前後に、家康の叔父である水野忠重も、家康の許を去って秀吉に属した。

石川数正がなにゆえに、譜代重恩の徳川氏を棄てて、秀吉に就いたのかは不明である。

彼は、天正十一（一五八三）年五月、家康の特使として、賤ガ嶽戦勝の賀詞を述べに行ったとき、はじめて秀吉に会った。その後、しばしば秀吉の許に使いして、秀吉からそのたびに懇切なる待遇を受けた。

秀吉に親近し、その風格と実力とを熟知したためであろうか、数正は小牧の役後においても、秀吉と和睦すべきことを主張し、ために秀吉に内通しているのではないかと疑われたという。

『武家事紀』には、小牧対陣の際にも、家康方の諸将、二重堀の砦を焼くべしと唱えたとき、数正ひとりこれに反対し、内応の疑いを受けたと記している。疑われたために内通したのか、内通したため疑われたのか、本当のことは分からない。

あるいは、しばしば上方におもむいて天下の形勢を知り、三河の田舎武士が、ただ徳川あって他を知らぬ偏狭《へんきょう》さに愛想をつかしたともいうし、秀吉の巧妙な人心収攬《しゅうらん》術にかかってその手中に丸めこまれ、十万石の知行と武者奉行の地位に眩惑《げんわく》されたともいう。

いずれにせよ、彼の行動は、彼自身の輝かしい経歴に泥を塗ったばかりでなく、その宿将をすら秀吉に奪われたという点で、家康の自信を大いに傷つけたに違いない。少なくも、第三者の目には、家康の前途を見限り、秀吉に将来を託したと見えたであろう。家康、失意の境にあり、とは、当時において衆目の見るところであったと言わねばならない。

『駿河土産』によると、家康は数正の出奔により、徳川の軍法がいっさい秀吉方に暴露されるであろうと予期し、従来の軍法一変の方策をとったという。

すなわち、甲州郡代鳥居彦右衛門に命じ、信玄の軍法、書物、武器、兵具類を甲州より蒐集《しゅうしゅう》せしめ、井伊直政、榊原康政、本多忠勝を総奉行として、甲州武士を召集し、信玄の軍法を論議し、爾後、徳川氏の軍法を武田流に改めたというのだが、これは、もちろんそのままには信用できない。

武田流軍法に採るべき点があれば、家康はとっくに採り入れていただろう。こんなことが伝えられたのをみても、数正の離叛が、徳川家臣団におよぼした心理的動揺がいかに大きかったかを推察し得るのである。

三

失意の家康に対して、秀吉は、その最も得意とする和平戦略を縦横に駆使した。

家康が、もし意気昂然《こうぜん》として秀吉打倒戦の再挙を企て、北条と結んで毛利を煽動《せんどう》し、上杉を誘引するごとき活発な動きでもしていたならば、秀吉はおそらく再び兵を率いて濃三の地に、家康と決戦する方策をとったであろう。

しかし、家康の気力沈滞して、北条に阿諛《あゆ》するのみ、なんらなすところのないのを見ると、武力を用いずして、これを屈服せしめ得ると見通した。

小牧の役の後、秀吉は信雄を通じて、幾たびか家康の上洛を促した。

家康は、なかなか承諾しない。彼の心中すでに秀吉に屈服するのはやむを得ぬと見極めながら、できるだけ高く売る方が有利だと考えて、反抗の擬態《ぎたい》を示したものか、最後の屈服の決意定まらず、狐疑《こぎ》していたものか、それともまた、屈服を決意しながら上洛すれば秀吉のために害せられはせぬかと疑って躊躇《ちゅうちょ》したものか、容易に判定しがたい。

家康は上洛をすすめに来た秀吉の使者、滝川雄利《かっとし》、富田左近らに対して、

「秀吉の兵十万、わが兵三四万、秀吉が軍卒多しといえども、よく地形を知らぬ。わが士卒少なしといえども、よく地理を知る。険隘《けんあい》の地に迎え得れば、地の利を得んこと疑いなし。汝ら長久手の戦いを忘れたるか。秀吉、再度来らば、命あるまいぞ」

と豪語したという。

家康の頌徳《しょうとく》表ともいうべき『武徳編年集成』の記するところであるから、果たして本当かどうか分からぬが、もし事実としても、それは単なるジェスチュアに過ぎないであろう。家康は、このとき、秀吉と戦って到底勝ちめのないことぐらいは熟知していたはずである。

まことに、勝利の自信があるならば、秀吉の勢威日に加わるこの二カ年間、手を拱《こまね》いて兵を発しないわけはないのである。

家康の弱点を見抜いた秀吉は、あらゆる平和攻勢をかけた。

信雄に向かって、

「家康には、築山殿の死後、正室がないと言う。わしの妹を家康に嫁せしめて姻縁を結べば、必ず上洛するであろう。それでもなお疑うのならば、母大政所《おおまんどころ》を送って人質としてもよい」

とまで極言した。

そして、それを実行したのである。

天正十四（一五八六）年四月、秀吉は、その妹朝日姫《あさひひめ》を家康に嫁がせることを家康に承諾させた。家康四十五歳、朝日姫四十四歳、完全な政略結婚である。

このとき、家康から三個条の誓文を要求し、秀吉はこれを予期して、許諾の誓文を使者に持たせてやったという話があり、その内容を、『改正三河後風土記』には、

一、家康には後嗣《こうし》としてすでに長丸（秀忠）がいるから、たとえ朝日姫に男子が生まれても嗣子とはしないこと。

二、長丸を人質としないこと。

三、家康の領国、三遠駿甲信五国は相違なく、長丸に与えらるべきこと。

の三個条としている。

いずれにせよ、五月十四日、朝日姫は行装美々しく浜松城に入り、家康の正室となった。

この婚儀によって充分に家康と和親の実を挙げたと信じた秀吉は、改めて家康の上洛を要求した。

家康は、依然として腰を上げない。

秀吉が憤って、於義丸（秀康）を殺そうとしているという風聞が伝って来たが、家康は、

「於義丸は人質にやったのではない、秀吉の養子としてやったのだ。於義丸を殺せば、秀吉は自分の子を殺すことになる。過《あやま》り彼にあって、我になし」

と言い、酒井忠次以下の諸将も、上洛して家康の身に危険があってはと、しきりに止めた。

秀吉は、遂に最後の手段として、生母大政所を人質として岡崎に送るから上洛せよと申し入れて来た。

秀吉の母親思いは有名である。その母を人質にするのだから、これは安心してもよいだろうと、家康も遂に決心した。

天正十四（一五八六）年十月、大政所は、家康に嫁した娘に対面するためという名

目で、岡崎に下った。

　家康の家臣たちの中には、

「われわれは誰も、大政所の顔を知らない。にせ者が身代わりにやって来ても分からないではないか」

　と危ぶむものがあったが、大政所が輿《こし》を下りるや否や、迎えに出ていた朝日姫と抱き合って、互いに涙を流して喜んでいるのをみて、本物に違いないと安心したという。

　家康は、これと引き換えに、岡崎を出発し、二十六日、大坂に入った。

　家康の出発した後、本多作左衛門は、大政所の宿泊所のまわりに、薪《まき》を山のように積み上げたので、つき添ってきた侍女たちはびっくりして、一体どうするつもりだろうと審《いぶか》ったが、

「あれは、万一、京にて家康の身に異変があったらば、ただちに火をつけて大政所を焼き殺してしまえと、本多作左が申している由」

　というものがあるので、一同慄《ふる》え上がった。

　後に、大政所が京に帰ってから、女中一同が、

「本多作左と言う男、是非とも家康から申し受けて、死罪か遠流《おんる》に申しつけくださいませ」

と秀吉に嘆願したが、秀吉はもちろん一笑に付した。しかし、大政所の希望もあるので、家康に向かって苦笑しながら言った。

「女どもがうるさい。作左衛門を上方へ連れてくるのは遠慮されたい」

四

家康の京、大坂へ上ったのは約四年半振りである。

この前には、信長の賓客として上洛し、明智光秀がその接待役となって、あらゆる歓待を尽くされた。秀吉のごとき、もし当時、在京したならば、光秀の代わりに接待役を命じられたかも知れぬ、信長の一部将であった。

わずか四年あまりにして、その秀吉は関白の栄位にあり、天下人《てんかびと》として君臨するに、家康は、名義はいかにもあれ、実質的にはこれに臣従するために上洛したのである。

秀吉の歓待は、信長の時のそれに劣らぬものであったとは言え、家康の心中は定めし、感慨深いものであったであろう。

秀吉と家康との対面について、色々な面白い話が伝わっている。『玉拾集』や『続武家閑談』などに載っているもので、百パーセントの信憑性《しんぴょうせい》はないが、記しておく。

家康が大坂に着し、美濃守秀長の邸に入ると、その夜、秀吉の方から微行して訪れ、家康の手を執って上洛を謝した上、

「自分は今、位《くらい》人臣を極め、勢い天下を風靡《ふうび》しているが、残念ながら生まれが下賤《げせん》なので、諸大名いずれも表面は尊敬の意を表しながら、内心には侮《あなど》っているものが少なくない様子だ。明日、正式に対面の折、この点をお含みのうえ、然るべくお願いいたしたい。私が天下統一の功を成し遂げ得るか否かは、ひとえに御身の心ひとつにかかっている」

と、頼み込んだ。家康は、その率直な態度に心を動かされ、翌日大坂城に上ったとき、諸大名列座の席で、秀吉に対する態度慇懃《いんぎん》を極めたので、諸大名も、秀吉に心服するようになったという。

また、この席で、家康が秀吉に、

「本日の記念に、殿下のお召しになっているお羽織をいただきたい」

と乞うと、秀吉は答えて、

「いや、これは私が陣中で用いる陣羽織だから困る」

「なんの、家康がこうして上洛して参りました以上、二度と殿下に物具《もののぐ》などお着せいたしません」

と言う家康に、秀吉大いに喜んで、羽織を与え、満座の大名に向かって、

「どうだ、皆聞いたか、徳川殿はわしに二度と物具は着せぬと言うたぞ。さてさて、わしもよい妹婿をとって果報者じゃ」

と言ったが、これは、家康とあらかじめ仕組んだ狂言であったともいう。

『三河物語』には、まったく違ったことが記されている。秀吉が、家康を毒殺しようとして、饗応《きょうおう》したが、家康はそのとき、大納言秀長と並んでその上座についていた。ところが、御膳《ごぜん》の出る寸前、家康が席を譲って、上座に秀長を座らせた。そのため毒を盛った上座の膳は、秀長が食うことになり、秀長はそのために死んだというのである。

秀長が天正十八（一五九〇）年正月から長らくわずらい、十九（一五九一）年正月に病死したことは明白なのであるから、この毒殺説は、無根のことであろう。家康の上洛に伴い、その一身を心配する三河武士の間には、色々の臆説《おくせつ》が行なわれたことであろうし、こうした風説も、それらの一つに過ぎぬと思われる。

八　律義《りちぎ》な大納言

一

いよいよ屈服を決意して上洛《じょうらく》するまでは、随分長い間躊躇《ちゅうちょ》した家康であるが、いったん上洛して秀吉に対面してしまうと、その後は、最も恭謙《きょうけん》に秀吉に従い、少なくも秀吉の生存中は、完璧《かんぺき》の協力ぶりを示した。

これは家康の性格からくるものである。

青少年時代の彼は、今川義元のために、最も忠実な人質として、犬馬の労をとった。

壮年の彼は、信長の同盟者として、比類のない誠実さを十数年にわたって継続した。

中年におよんで秀吉に接しても、また、終始律義《りちぎ》一辺の誠心を示している。

したがって、青少年期の家康が、今川義元の陰にかくれ、壮年期の家康が、常に信長との関連において考えられるように、中年期の家康の行動は、天下人の秀吉のそれにまったく付従したものとなっている。

家康は、大坂から浜松に戻ると、駿府城を大いに修築し、十二月四日、浜松からここに引き移った。移転後も、城郭の拡充、補強に力を注いでいる。

この間、秀吉は九州征伐を断行して、島津氏を降伏せしめていたが、同時に築営にかかっていた聚楽第《じゅらくだい》が完成したので、天正十五（一五八七）年九月、大坂からここに移った。

そして、天下に泰平の気運を鼓吹するため、二つの行事を行なった。

その一は、天正十五（一五八七）年十月の北野の大茶会であり、その二は、十六（一五八八）年四月の聚楽第行幸である。家康は、この二つの行事においても、秀吉の望むままに動いた。

北野の大茶会に際して、家康と信雄とは、特別に丁重な扱いを受けているし、聚楽第行幸のときも同様である。

秀吉が信雄に対して敬意を示したのは、旧主の後嗣《こうし》として、表面的に立てたに過ぎないが、家康に対しては、全国諸大名中の最有力者として、心からその協力を求めたからであった。

小牧の役後、家康が上洛し、信雄と共に大坂城におもむいて、秀吉に謁《えっ》したとき、家康が、信雄に向かって先を譲り、信雄の方も遠慮して、家康を先に立てようとしているのを見て、秀吉がつかつかと傍に寄って来て、家康の手を執《と》り、

「まずまず、徳川殿から――」

と、先行させたという。（林道春『秀吉譜』）

秀吉の心中において、信雄は既に問題外となっていたことは明白である。

家康は、秀吉が自分を高く評価していることを知っていた。しかし、それに付け込んで尊大な態度に出るほど愚かではない。秀吉が、彼を尊重すればするほど、家康はことさらに謙虚に身を持して、秀吉に恭順の意を明らかにした。

宇喜多秀家の邸で、能楽の催しがあったとき、秀吉が庭に降りようとすると、家康が先に降りて、秀吉の履《くつ》を直した。秀吉は、家康の肩を押さえて、

「これは、徳川殿に履を直していただいては」

と、鼻白んだということが、『武野燭談』に載っている。

小牧の役に、あれほど強情に秀吉に楯《たて》つきながら、屈服を決意すると、たちまちこ

のような無二の忠実ぶりを示すのは、家康の優れた政治家である所以《ゆえん》だ。

彼は、秀吉の弱点をよく知っていた。

天下人となりながら、尾張の土民の小倅《こせがれ》であり、ついこの間までは、信長の一部将に過ぎなかったことが、秀吉の心中に、いつも一つの劣性コンプレックスとして残っていること、そして、現実においても、旧織田幕下の諸将が内心秀吉を軽んずるところがあるのを、ひそかに憂えていること――それを、家康は、誰よりも察し、その秀吉の弱点をカバーしてやるために、でき得る限りのことをしてやったのである。

聚楽第行幸のごときも、ある意味では、この目的の下に演出された秀吉、家康の合作劇であったとも考えられよう。

九州征伐に当たって、秀吉は、幕下の諸将がしばしば自分の命令に違反したので、心平かならざるものがあった。

天正十五（一五八七）年四月九日付で、幕下の諸将に与えた訓示の一節を見ると、

「卿《けい》等が、予の命令に違背するのは、以前、予と同輩友人であった関係上、予を軽視する心があるからであろう。断然処分しようと思ったが、従来の交誼《こうぎ》を考え、今回だけは勘免しておく」

という意味の文言がある。（『松下文書』）

天正十六（一五八八）年四月、秀吉が聚楽第に後陽成《ごようぜい》帝の行幸を仰《あお》いだのは、天下に昇平の気を鼓吹し、皇室尊敬の意を顕彰し、公家を懐柔するなどの諸目的をもっていたことはもちろんだが、さらに大きな目的は、幕下諸将の眼に、自分を高め、その威令を重からしめることであったろうことは、疑いない。

天皇が人民の私邸に行幸することは、王朝時代には珍らしくなかったが、武家時代になってからは、後小松帝が足利義満の北山殿に、後花園帝が足利義教《よしのり》の室町邸に臨んだ例があるのみである。

秀吉は、聚楽第に天皇を招くことによって、自分の権威を誇示したのみならず、これを機会に、天皇の御前で諸将に起請文《きしょうもん》を書かせた。

その起請文は、第三項、すなわち、

「関白殿仰せ聴けらるる趣、何篇にても、聊《いささか》も違背申すべからざる事」

という点にある。皇室への忠順を表看板にして、その実、秀吉への忠順を天下に表明させたのだ。

この誓紙の署名者は、前田利家、宇喜多秀家、豊臣秀次、同秀長、徳川家康、織田信雄である。

家康と利家、なかんずく家康の屈従を天下に顕わして、織田氏の客将であり、当今第一の雄藩たる家康ですらかくのごとし——と、言いたかったのであろう。そして家康は唯々諾々《いいだくだく》として、その希望に応じたのである。

二

秀吉は、聚楽第行幸後、ただちに関東に蟠踞《ばんきょ》する北条氏政・氏直父子に向かって交渉を開始した。

家康と北条氏直とは、舅《しゅうと》と婿《むこ》との間柄である。家康は家臣鵜殿《うどの》長持《ママ》の女に生ませた徳姫（督姫）を、天正十一（一五八三）年、氏直に嫁せしめているのだ。

秀吉は、この関係を重視した。彼は北条氏に対する招撫《しょうぶ》工作の間はもちろん、小田原攻囲に当たっても、終始家康を仲介者として、充分に利用した。

家康は、できれば北条氏を平和裏に秀吉の幕下に引き入れたかったに違いない。

だが、氏政・氏直父子は、これを拒否した。

早雲以来の関東の覇者という矜持《きょうじ》、三百万石に近い豊沃《ほうよく》な広大な領土、精強を謳《うた》われた関東武士、箱根の天嶮《てんけん》と小田原城の要害、これらすべてが秀吉に対する屈服を拒否せしめたのだ。

いや、それよりもさらに大きく氏政父子を支えたものは、彼らの時世の動きに対する無知であった。秀吉の実力に対する認識不足であった。

天正十六（一五八八）年の半ばから、十七（一五八九）年の暮れにいたる約一年半の、辛抱強い交渉にもかかわらず、北条父子に臣従の誠意がないと見究めた秀吉は、遂に小田原攻めを決意した。

家康も、氏政・氏直父子の頑迷に匙《さじ》を投げた。

家康にとっては、婿である氏直よりも、秀吉の方がはるかに大切なのだ。かつて信長の歓心を買うために、愛児信康をさえ犠牲にしたのである。今、秀吉のために婿の氏直を棄てることは、やむを得ぬ。

天正十七（一五八九）年十一月二十四日、秀吉は、北条氏と手切れの文書を作り、これを家康の手を経て氏直に送らしめた。

十二月、軍令を発し、十八（一五九〇）年春をもって小田原を征伐すべく、東海道からは、徳川家康、織田信雄、蒲生氏郷ら、東山道からは、上杉景勝、前田利家らを進発せしむべき命令が発せられた。

家康は、北条氏との姻戚《いんせき》関係のために、その進退に猜疑《さいぎ》の眼を向けられることを怖れ、天正十八（一五九〇）年正月、十二歳の嗣子長丸を上洛せしめ、秀吉の許に送った。

小牧の役後の和平条件として、長丸を人質とせざることを特に主張した家康が、今度は、みずから進んで長丸を人質としたのである。

秀吉は大いに喜んで、長丸を非常に愛撫し、黄金作りの太刀を与え、北政所（秀吉夫人）はみずから長丸の髪を結い直し、衣裳《いしょう》をかえてやった。

長丸に従《つ》いて来た井伊直政に向かって、秀吉は、

「大納言殿（家康）は、よい男子をたくさん持って仕合わせな方じゃ。長丸は、立派な少年だ。ただ、髪の結いようや、衣服などが田舎びているから、都風に改めておいた。こんな稚《おさな》い子を遠方に置いては、家康も心配であろう。すぐに連れて帰るがよい」

と愛想をふりまいたうえ、長丸を元服させ、己れの名の一字を与えて秀忠と名づけ、駿府に送り還《かえ》した。

家康は、長丸が帰ってきたのをみると、ただちに代わりの人質として従弟の本多康《やす》俊《とし》を上洛させたが、

「関白が、長丸を還してよこしたのは、きっと小田原に下るとき、わしの領内沿道の城を借りるつもりなのだろう。よく掃除して接待に手ぬかりのないようにしておくが

よい」

　と言って、本多正信、本多重次に命じて、充分の準備をすすめていると、果たして秀吉からその旨、要求して来た。

　家康は、部下諸将に命じて、秀吉の宿泊する亭舎を新築したり、富士川に浮き橋を架したりして、万端手落ちなきようにして、秀吉の東下りを待った。

　三月一日、秀吉は京を発し、十日吉田にいたり、十八日駿府城に入った。

　先鋒《せんぽう》軍を率いて、既に長久保城に進んでいた家康は、一応、駿府に戻って、秀吉を接待した。

　例の本多作左衛門重次が、このとき、家康について来たが、大勢の人がいる前で、突っ立ったまま、眼をいからし、声を大きくして、

「やあ殿よ、さても不思議なことをなさるものかな。国主たるものが、己れの城をあけて、他人に貸すとは何事じゃ。このような御心ならば、奥方を貸してくれといわれれば奥方でも貸してしまうじゃろう。ふん、奥方でものう、おどろいたことじゃ」

　と呶鳴《どな》って、帰っていった。

　家康は、閉口して人々に向かい、

「今の老人の申したことを聞かれたか。あれは本多作左と申して、家康の累代の家人《けにん》、

家康が幼いときから仕えており申す。若い頃は、弓矢うち物取って人に知られた男じゃったが、今はあのようにすっかり老耄《おいぼ》れてしもうた。不憫《ふびん》に思うて使うてはいるが、天性我儘《わがまま》な根性にて、人を虫けらほどにも思わず、人々の聞かるるところでさえ、家康に恥をかかしおります。まして二人差し向かいのときなど、何を言うか御推察あれ。他のときならばとにかく、今日というとき、あのような気の狂《ふ》れたことをしおって、まったくお恥かしゅうござる」

と、陳弁した。居合わせた人々は、三河武士の本領を、作左に見たように感じ、

「作左の名は、前々から承っていましたが、見たのは今日がはじめて。まことに、聞きしにまさる男でござる。あのような御家人を持たれてお羨《うらやま》しい」

と、挨拶《あいさつ》したという。

三

秀吉の東征に当たっては、色々な流言が飛んだらしい。

最もまことしやかに伝えられたのは、家康と信雄とが、この機会に秀吉を殺そうとしているというものである。

秀吉が駿府城に入ろうとしたときも、石田三成は、家康に異心ありとして、しきりに止めたが、浅野長政が断乎《だんこ》主張して、入城したという。

また、秀吉が浮島原に来たとき、家康と信雄とが迎えに出ると、秀吉は馬から下り、太刀の柄に手をかけ、

「信雄、家康、逆心ありと聞く、立ち上がられよ、一太刀まいろうぞ」

と叫んだ。

信雄は、顔を赤らめておろおろしたが、家康は自若として、左右の者に向かい、

「関白殿下が、軍《いくさ》始めに御太刀に手をかけらるるは、めでたいぞ。皆々お祝い申せ」

と高笑したので、秀吉は欣然《きんぜん》として、馬に乗ったという。

秀吉の挙措は、もちろん冗談半分にしたものであろう。同じようなことが、『徳川実紀』に載せられてある。

小田原の陣中で、家康と信雄とが、秀吉の陣中に来て、用談を終えて帰ろうとしたとき、秀吉は十文字の槍《やり》の穂をはらい、二人の名を呼びつつ、その後を追いかけた。

信雄はびっくりして、早々に逃げ出して行ってしまったが、家康は、右手に持っていた太刀を左に持ちかえて、平然として立ち止まっている。秀吉は大いに笑い、槍を持ちかえて石突《いしづき》の方を家康に向け、

「これは日頃、秘蔵している品じゃが、徳川殿に進ぜよう」

と投げ出した。家康、これは思いもよらぬ賜物と、おし戴《いただ》いて、静かに退出したという。信雄ならば知らぬこと、家康は、こんなときに、秀吉を謀殺しようと図るような男ではない。家康逆心などという噂《うわさ》は、噂を立てる人の卑小な心を示す以外の何ものでもない。

秀吉も、その家康の人柄を熟知していた。

だからこそ、そんな噂を耳にすると、わざと冗談めかした悪ふざけをしてみせたのであろう。もし本当に疑っていれば、他にとるべき手段はいくらもあったはずである。

秀吉は、むしろこの戦役を通じて、家康を最も頼りにしていたといってよい。

二月二十日、甥《おい》の秀次が、江州を出発したときにも、秀吉はこれに訓令を与えて、

「如何様《いかよう》にも家康指南次第、越度《おちど》なき様、才判《さいばん》専一に候」

と戒め、すべて家康の指導に従うように命じているほどだ。

浮島原で、先手の諸将が迎えに出たときにも、秀吉はそれらのすべてに馬上から挨拶したが、家康が信雄と並んでいるのを見ると、わざわざ馬から下りて挨拶をしている。

——剛情だが、律義な男。

と、家康を信頼し、かつ敬意を払っていたことは間違いないようだ。

家康の方でも、秀吉の自分に対するこの評価を知っていた。

秀吉に対する饗応《きょうおう》について、井伊直政、本多忠勝、榊原康政などが、何か珍らしい趣向をと進言したとき、家康が答えたことは、はなはだ興味がある。曰《いわ》く、

「秀吉という人物をつらつら視るに、彼は到底、尋常の人ではない。異常の才敏の人であり、その才敏を以て天下を得たものだ。人は同類の者、己れに比肩することを忌《い》む。われに才知ありと思われたならば、何かにつけて事面倒になろう。この男は、万事鈍だが、律義だと思われていれば安心だ。格別の才はじけた趣向はいらぬ」

と。人の心の機微を穿《うが》った名言である。

しかもそれは、家康の本性に合った考えなのだ。もちろん、家康は本来の鈍ではない。否、万人に超えた才知を持ち、鋭敏の素質を持っている。しかし、それは秀吉のそれとは異質のものである。ただ警抜な才知、俊敏なる頭脳という点だけで比べれば、到底、天衣無縫というべき秀吉におよばぬ。

家康は、賢明にも自分と秀吉の性格と才能の異なる点をことさらに強調することによって秀吉の嫉妬《しっと》と猜疑《さいぎ》とを免れ、その信頼と賞賛とを獲得したのである。

家康に対する秀吉の評価は、家康に対する公定評価となった。

──万事、律義な大納言殿。

と言われた家康は、内大臣になってからも、律義な内府という定評を持続し、そして、その名に背かぬ行動をとったのである。

四

支城ことごとく落ち、城兵の志気まったく振わず、しかも攻囲軍の意図強固なるのを見て、小田原城中には、次第に和を求める声が大きくなっていった。

城内に裏切りの噂がしきりに飛び、事実、渋取口を守っていた和田左衛門は、部下百五十人を率いてその廠舎《しょうしゃ》を焼き、城を出て家康の陣営に投降した。

北条家第一の出頭人、松田《まつだ》憲秀《のりひで》でさえ内応を決心し、事あらわれて拘禁された。

秀吉が得意の政治工作を活発に行なったことは言うまでもない。

氏直は遂に七月五日、父氏政には無断で城を出て、家康の許に来たり、

「自分は切腹するから、父氏政及び士卒一同の命を許して頂きたい」

と、哀訴するにいたった。

秀吉は家康と相談したうえ、特に氏直を赦《ゆる》して高野に放ち、氏政と弟氏照とを切腹せしむることとし、ここに北条氏は滅亡したのである。

七月十三日、小田原城に入った秀吉は、その日、家康の関東移封《いほう》を発表した。

秀吉が、家康を関東、北条氏の旧領に移そうと考えたのは、いつ頃であるかいろいろと異説がある。

最も早いものとしては、『乙骨太郎左衛門覚書』の中に、

「天正十七（一五八九）年丑之年《うしのとし》極月に、太閤《たいこう》様より家康様へ、仰せ付けられ候は、氏直を打取るべき間、貴殿先駈けを成され候へ。左候はゞ関八州遣はさる可《べ》しとの御説に付、御尤《ごもっとも》と御意なされ候」

とある。これが正しければ、既に軍を発する前、京都において家康に対して意思表示が行なわれていたことになる。

『武功雑記』や、『前橋聞書』は、浮島原で秀吉と家康と対面のときなりといい、『天正日記』は、四月、石垣山においてなりとしている。『関八州古戦録』では、石垣山から小田原城を俯瞰《ふかん》しつつ、秀吉が家康に向かって、

「あれ見給え、北条家の滅亡、程あるべからず、気味のよき事にこそあれ、左あらば、関八州は貴客に進《まい》らすべし。家康殿もいざ小便《しょうべん》をめされよ」

と言って、敵城の方に向かって、打ち連れて小便をした。いわゆる関東の連小便《つれしょうべん》これに始まると記している。

いずれにせよ、関東移封の噂は、公表以前に洩《も》れいろいろの風説を生んだ。

秀吉のこの処置に対しては、二つの見解が対立している。

一つの、そして最も一般に行なわれている見解は、これを秀吉の権謀とするもので、『徳川実紀』のそれが代表している。

「秀吉この度、北条を攻め亡ぼし、その所領悉《ことごと》く、君（家康）に進《ま》いらせられし事は、快活大度の挙動に似たりと雖《いえど》も、その実は当家年頃の御徳に心腹せし駿遠参甲信の五国を奪う詐謀《さぼう》なる事、疑ひなし。その故は関東八州と雖も、房州に里見、上野に佐野、下野《しもつけ》に宇都宮、那須《なす》、常陸《ひたち》に佐竹等あれば、八州の内、御領となるは、わづかに四州なり。かの駿遠参甲信の五カ国は、年頃人民心服せし御領なれば、是を秀吉の手に入れ、甲州は尤も要地なれば、加藤遠江守光泰《みつやす》をおき、後に浅野弾正少弼《だんじょうしょうひつ》長政をおき、東海道枢要の清須に秀次、吉田に池田、浜松に堀尾、岡崎に田中、掛川に山内、駿府に中村を置く、これらは皆、秀吉腹心の者共を要地に据置《すえお》きて、関八州の咽《の》喉《ど》を押へて、少しも身を動かし手を出さしめじと謀りしのみならず、又、関東は年久しく北条に帰服せし地なれば、新に主を代へば、必ず一揆《いっき》蜂起すべし、土地不案内にて、一揆を征せんには、必ず敗るべきなり。その敗れに乗じて、計らひざまあるべしとの秀吉が胸中、明らかに知るべきなり」

相当、辛辣《しんらつ》なものであるが、家康の家臣たちは、おそらくこのように感じたであろう。世間一般も、そう考えたかも知れぬ。

これと反対の見解は、山路愛山《やまじあいざん》が述べている。秀吉は、家康を昔の鎌倉公方《くぼう》のごとく、北日本の鎮定者たらしめんとしたというのである。

「秀吉が徳川氏を鎌倉公方に擬《ぎ》したりと云ふは、強《あなが》ち我輩の臆測《おくそく》のみあらず。徳川氏関東移封後の態度を見るに、蒲生氏郷、伊達《だて》政宗の類、皆徳川氏を中心として、その節度に従ふの状あり。秀吉も亦《また》しかせしめたる如く、其の状、関東は君に委《まか》すと云ふが如くなればなり」

と、すこぶる善意の解釈である。

思うに、秀吉が、家康をその磐石《ばんじゃく》の領国から新しい遠隔の地に移して、その勢力をやや弱めようとしたのは事実であろう。

しかし、新付の地で一揆勃発《ぼっぱつ》を期待し、これに乗じて家康を亡ぼそうと図ったと考えるのは、まったく当たらない。

秀吉は、そんな小細工をする人物ではないし、家康もそんなことぐらいで屈するような人物ではない。

秀吉が、もし家康の滅亡を企図するか、あるいは少なくもその勢力を大いに削《そ》がんと考えたものなら、おそらくすぐ後に行なわれた朝鮮の役に家康も渡海せしめて、その兵力と財力との消耗を行なわせたに違いないのだ。

家康を朝鮮の役にほとんど活動せしめなかったのは、家康をまったく信頼し、自分が渡海するような場合に、後を頼む下心さえあったからであろう。晩年の秀吉は、年ごとに家康の律義さに頼むところがあったものと解されるのである。

ともあれ、家康は部下の不平をなだめて、諸々と関東へ移った。

これとまったく対蹠《たいしょ》的なのは、信雄である。

秀吉は、家康の旧封を彼に与えようとしたが、信雄はこれを辞して旧封を領していたいと願ったので、秀吉は怒って下野那須《なす》烏山《からすやま》に放逐した。

家康と信雄、賢と愚、その後の明暗がまったく別れるにいたったのは、当然と言わねばならぬ。

ついでながら『徳川実紀』に、家康の旧領が、秀吉腹心の者に分与されたことを憤っているとあるが、その初めは、家康と最も親密であり、秀吉には含むところのある信雄に与えられようとした事実を忘れてはならない。

もし秀吉が家康の異心を警戒する考えがあるならば、関東と東海道諸国とが合体して反逆する怖れのある、このような配置を一瞬たりとも考慮するはずはないであろう。

九　大きな惑星

一

家康が関東へ移封されると聞いたとき、彼の家臣は十人の中七八人までは、小田原に居城を定めるものと思い、二三人は鎌倉でもあろうかと噂した。

江戸と定まったときは、誰もがびっくりしたらしい。江戸を選定したのは、秀吉にすすめられたからだと言うが、事実とすれば、秀吉の着眼は非凡であったと言ってよい。

江戸は平安末期に江戸氏が拠《よ》った土地であるが、室町中期、太田道灌《どうかん》がここに城を築き、一時は城下もかなり栄えたらしい。

しかし道灌死後まったく衰え、北条氏の下に屈し、城代遠山氏が居住していたが、みすぼらしい田舎町に転落してしまっていた。

城は、本丸、二の丸、三の丸があり、総構えとしては土を掻《か》き上げた土手があり、海岸に出入りするところに数個の木戸門が設けられていたが、手入れ不足のために、相当荒れ果てていた。城内の建物は、ひどく古びたもので、玄関の上り段は幅の広い舟板を二段重ねただけ、板敷はなくみな土間であり、屋根はこけら葺《ぶ》きは一カ所もなく、ただのそぎ葺き、雨漏りがして敷き物など腐り果てていた。

また土手には竹木が茂り合い、郭《くるわ》の間には深い空濠《あきぼり》があった。後の西の丸の辺は野山で、所々に田畑があり、春は桃梅つつじの花が咲き乱れ、城下の人々の遊山所であったと言う。

城下も町といっては大手門の前あたりに、茅《かや》ぶきの家が百軒ほどあるばかり、城の東方の平地はいたるところ汐入《しおい》りの茅原で、西北の台地は広漠たる武蔵野に連なっている。

南の方は今の日比谷から馬場先門あたりまで入江が湾入し、日本橋、京橋、銀座、築地の辺は洲《す》になっており、石川島や佃島《つくだじま》は、離れて海中に洲をなしていた。

隅田川を隔てた向こうは、本所辺は陸地で、村落もあったが、深川はほとんど海水の差し引きする湿地であった。

現在の都心部に、千代田、神田、桜田、三田、などの地名が残っているのは、そのあたりに水田が多かったためである。

こうしたところに、家康は平然として移って来たのである。城内の館の玄関まできたとき、本多正信が、舟板の階段をみて呆《あき》れ、

「ほかはとにかく、ここだけは造り直した方がよろしゅうございましょう。諸大名の使者などが参った折、余りにも見苦しいでしょう」

といったが、家康は、

「つまらぬ虚栄《みえ》だ」

と笑っただけであった。

ただちに本丸と二の丸との間の空濠を埋め、家人の知行割を急いだが、微禄《びろく》の者ほど城近くを与えて、勤仕に便ならしめた。

関東移封の公表されたのが七月十三日、八月一日には家康が江戸城に入城し、九月中には、家臣の移転をも完了して、旧領の引き渡しを秀吉に申告した。秀吉は大いにおどろいて、

「すべて徳川殿の振舞、凡慮《ぼんりょ》の及ぶところにあらず」

といったとか、『大業広記』に記されているが、秀吉の命といえば、ただちに、最

も敏速かつ忠実に遵奉《じゅんぽう》してみせた家康の態度が、最もよく現われている。

家康の江戸経営は、榊原康政を総奉行とし、青山忠成、伊奈忠次、板倉勝重を奉行として行なわれたが、なかんずく伊奈忠次は関八州の代官として、すこぶる治績を挙げた。

家康が伊奈忠次を関八州の代官に命じたとき、本多正信が、

「旧領五カ国でさえ数人の代官を必要としましたのに、八州のことを忠次一人に委ねるというのはいかがでございましょう。忠次いかに才幹がありとて、八州の繁務を一人で沙汰《さた》することは困難でしょう」

と言ったが、家康は聞き入れないで、忠次に誓詞を書かせた。家康がその前文を正信に書けと言うので、正信が硯《すずり》を引き寄せ、

「どのように書きましょうや」

と問うと、

「第一条、関八州を、己れの物のごとく大切にいたすべし、と書くがよい」

「次は」

「第二条、支配下の者どもを使うに、依怙贔屓《えこひいき》は仕《つかまつ》るまじ、と書け」

「第三条は」

「その二カ条でよい」

家康は、澄まして答えた。

部下に対する知行割当も、急速に行なわれたが、その主なるものは、次のごとくである。

上野箕輪《みのわ**》　十二万石　井伊直政
上野館林《たてばやし》　十万石　榊原康政
上総《かずさ》大多喜《おおたき》　十万石　本多忠勝
相模《さがみ》小田原　四万石　大久保忠世
下総《しもうさ》矢作《やはぎ》　四万石　鳥居元忠
上野厩橋《まやばし》　三万石　平岩親吉
上野藤岡　三万石　松平康貞
上野碓氷《うすい》　三万石　酒井家次
上総久留里《くるり》　三万石　大須賀忠政

この他、奥平信昌、石川康通、小笠原秀政、本多康重、牧野康成、菅沼定利、松平康元、松平康重、高力清長、内藤家長らが各二万石を与えられた。

本多正信、酒井重忠、大久保忠隣《ただちか》らが一万石、阿部正勝、酒井忠世、内藤信成、大久保忠佐、天野康景らが五千石である。

三河以来の忠臣の一人として忘るべからざる本多作左衛門重次は、上総に三千石を与えられたのみ、それも内緒のことであった。

これは作左に、度々秀吉の怒りに触れるような言行があったので、秀吉から、

「あんな無礼な奴は、家臣の列から放逐してしまうがよろしかろう」

と申し入れたので、家康はやむなく屛居《へいきょ》せしめたのだ。その子仙千代は、後に丸岡城四万石に取り立てられている。

二

北条氏を亡ぼすと、秀吉は早くも外征の企画を着々と実行に移した。

愛児鶴松《つるまつ》の死を悼んで、これを忘れるために出師《すいし》を思い立ったというのは、もちろん、嘘《うそ》である。鶴松が死んだのは、天正十九（一五九一）年八月五日であるが、秀吉は、その年の正月二十日、すでに外征のために軍船の建造を命令し、三月十五日、全国に朝鮮の役のための軍役を課しているのである。

北条氏滅亡後、死にいたる満八年間を、秀吉はほとんどまったく、朝鮮の役のため

に働いたといってよい。

しからば、この八年間、家康はどうしていたか。

秀吉の外征に対しては、後年、多くの論難が行なわれているが、これはその当時においても多くの反対者のいた暴挙である。

ただこれをあえて秀吉に向かって直言し、これを抑止する者がいなかっただけである。

もちろん、賛成者もいたであろう。秀吉の側近である武断派の諸将のうち、秀吉の意見をただちに自分の意見とする習慣のあった者や、国内が統一されて、もはや合戦による功績を国内に求める余地がなくなったことに、髀肉《ひにく》の嘆《たん》をかこっていた者などである。

だが、大部分が反対であったことは、容易に察し得る。

永年にわたる兵乱に飽き、平和を求める心は多くの者に共通していた。国内ならばとにかく、まったく案内も知らぬ異郷に兵を進めることの不安、大明国《みんこく》を対手にしての勝算の乏しいこと、百姓の困憊《こんぱい》不満《ふまん》等は、ことごとく外征を不可とすべき充分の理由である。

『改正三河後風土記』に、家康が、

「朝鮮は海外の殊類、悉《ことごと》く誅夷《ちゅうい》すると雖《いえど》も、本邦に於いて其益あるべからず。況《いわん》や大明と兵を結ばんには、年月を重ねて手間をとるべし。其間には本朝の兵威を損じ、百姓を疲らし、本朝末代までの大害を引出すべし、仮令《たとえ》朝鮮を伐ち従えて、軍を班さんとするとも、彼は大明国の属国なり。大明必ず援兵を出し、大軍を以て喰留むべし、其時は我軍難儀せんは眼前なり。而《しか》して此方にては、更に怒を発し、再び兵を動かすべし。其時に至りては、兵疲れ糧《りょう》尽きて、安危測り難し」

と言ったと伝えている。これはもちろん、後から考えて筆者が演述したものであろうが、家康が外征を危んだことは、種々の文書から推察し得る。

蒲生氏郷のごときは、

「猿めが、気が狂うて、異国にのたれ死にする気か」

と言い放ったとまで伝えられている。

要するに、当時においては、少数の外征賛成者、多数の反対者があった。少数者の筆頭に秀吉があったがゆえに、外征は実行された。しかし、多数の反対者があった事実は、最後までこの外征に何か重苦しい気風を与えていた。

そして、その反対者の代表者が家康だったのである。

もちろん、家康は秀吉に向かって反対の意思は表明してはいない。名護屋《なごや》の陣中では、みずから渡海して闘いたいと言いきっている。だが、それはあくまで、表面のことであって、内心、渡海など真っ平だと考えていたに違いない。

江戸に入城して間もなく、秀吉からの使者が来て、朝鮮出兵のことを告げた際の家康を、『常山紀談』には、次のごとく記している。

「書院に座したまひ、何と仰せらるる旨もなく、ただ黙然としておはしぬ。本多正信、折しも御前に侍《はべ》りけるが、君には御渡海あるべきやいかがと三度までうかがひければ、何事ぞ、かしまし、人や聞くべき、箱根をば誰に守らしむべき、と仰せられしかば、正信さては兼ねてより盛慮の定まりし事よと思ひて御前を退きけるとぞ」

家康は、巧妙に行動して出陣渡海を避けた。

文禄《ぶんろく》二（一五九三）年八月、秀頼が生まれたので、秀吉が名護屋の陣営から京へ戻ると、家康は祝賀のため、同じように京へ戻ったが、そのまま京に止《とど》まり、翌年、秀吉と共に吉野に花見などしたうえ、文禄四（一五九五）年五月江戸へ還《かえ》りそのまま慶長三（一五九八）年秀吉の病篤《あつ》きにいたるまで西下しなかった。

西国に止まっていれば、事態に応じては、どうしても出陣渡海しなければならぬような仕儀に追い込まれる場合がないとも限らないと考えたのであろう。

前後七年にわたる外征に、諸大名の多くが莫大《ばくだい》な費用を費やし、多くの将士を喪《うしな》ったにもかかわらず、家康は、その両者を完全に温存し、強化することができた。

文禄四（一五九五）年五月の家康東下は、極めて重大な意味をもつ。

おそらくこのとき、秀吉が精神的に老耄《ろうもう》し、肉体的に衰弱していることを見極め、外征が近い将来に完全な失敗に終わるべきことを見透していたに違いない。

小牧の役後、天下争覇の一戦に敗れて秀吉に屈服することを決意したとき、彼は一たび天下の覇権に対する望みを棄《す》てた。

秀吉が、精神的にも肉体的にも健全である限り、彼は天下を望むことはしなかったであろう。

彼が再びその胸奥に、天下の権を望む心を起こしたのは、秀吉が衰残再び起《た》つ能《あた》わずと見通したこの秋《とき》ではなかったか。

彼は己れの健康に感謝し、数年のうちに来るべき秀吉の死を、東国において悠々と待っていたのである。

三

秀吉が老齢であることと、その嗣子《しし》が幼弱であることのため、秀吉の死後のことについては、色々な場合に、人々が話題としていた。

秀吉自身でさえ、元気のよかった頃には、半ば冗談のようにしてそれを話題にのせた。

よく知られている話に、秀吉があるとき左右の者に、

「自分が死んだら、誰が天下をとると思うか」

と尋ねると、皆遠慮して答えなかったが、強いて答えを求めると、あるものは家康、あるものは、前田利家、上杉景勝、毛利輝元などを挙げた。秀吉は、

「いや、違う、わしの見るところでは、片脚が悪い奴（黒田孝高）らしい」

と、笑ったという。

また、諸大名の集まっているところで、同じことを秀吉が尋ねると、ほとんどすべての者が、第一に家康、第二に利家を挙げ、

「この他には思い当たりませぬ」

という。蒲生氏郷が微笑して、

「何も二人に限ったものでもあるまい」

と、暗にみずから負うところを洩らしたという話もある。

どちらも、直接には黒田孝高や、蒲生氏郷の人物を高く評価するために述べられた

逸話だが、それがかえって、逆に黒田や蒲生を秀吉の後継者と見ることが、やや人々の意表外にあることを示していることも否定できないであろう。

最も素直に考えた場合、家康か利家、なかんずく、前者が秀吉亡き後の実力第一人者たるべきことは、万人が認めていたものと言ってよい。

秀吉が老衰し、ついで病臥《びょうが》するに及んで、「秀吉亡き後」という仮定は、現実のものとして、人々の問題となってきた。

関東に蟠踞《ばんきょ》する巨大な惑星は、西方に沈みかける太陽の光の薄らぐに伴って、その光芒《こうぼう》を益々大きくしてきた。

第一に、家康は、領国二百五十万石、諸大名の上に卓然と擢《ぬき》んでる超大名である。

第二に、家康は、その武勇、知略共に秀吉にも一目おかせたほどの人物である。

第三に、家康は、七年の外征による損失をほとんど受けていない。

第四に、家康は、外征反対の良識の代表者としての信望を集めている。

第五に、家康は外征に当たって暴露された秀吉幕下の文治派と武断派の軋轢《あつれき》に対して、調停者たる役を巧妙につとめて衆望を得てきている。

しかも、第六に、秀吉は、その死に臨んで、この家康の地位をさらに重からしむるような措置を講じたのである。

遺孤《いこ》秀頼のことを、くどいほど、哀れっぽく、主として家康と利家とに頼んだのだ。その頼み方が、利家には専《もっぱ》ら秀頼の守り役を、家康には己れに代わる天下の采配《さいはい》を依頼したようなやり方であった。

これでは、秀吉の死後、天下の大権おのずから家康に帰することは、当然過ぎるくらい当然と言わねばなるまい。

秀吉も、自分の死後、天下の実権が一応家康に帰することは覚悟していたであろう。秀吉ほどの男が、それくらいの見透しがつかぬはずはない。しかし、その上で、律義な家康が、秀頼を自分の後継者として「取り立てて」くれることを、わずかな心頼みとしたのだ。

秀頼に家康の後嗣秀忠の女（千姫）を娶《めと》わすことを約束せしめ、秀忠を秀頼の舅《しゅうと》とすることによって、秀頼の身上を保証しようとしたのである。少なくも信長亡き後、信長の遺児たちが陥ったような破目に秀頼を立ちいたらせたくないと念願したのである。

慶長三（一五九八）年八月十八日、秀吉は、六十三歳で死んだ。

『日本西教史』には、当時の宣教師の見解を、

「真に心から彼の死を悲しむものは、ただ彼に寵愛《ちょうあい》されて私利を得ていたものばか

りであった。その他の諸侯諸臣は、すべて彼を生きている人として見るよりも、死んだ神として見ることを悦《よろこ》んだ」

と述べているが、おそらく事実であろう。

秀吉の死が、本当には悼まれなかったことは、秀吉の事実上の後嗣者たる家康にとっては、はなはだありがたいことだった。

秀吉の死によって、残された最も大きなさしあたりの問題は、第一に外征の後始末であり、第二に秀吉麾下《きか》の諸将の軋轢の融和である。

第一のものを、家康は、極めて巧妙に、終結せしめた。

だが、第二のものは、より巧妙に、益々紛糾《ふんきゅう》せしめた。

まず、家康は徳永寿昌《ながまさ》と宮木長次郎とを渡海せしめ、諸将に対して取りあえず、何としてでも我が国の体面を作るだけのことをして、無事に引き揚げてくることを命じた。

それが実現したのは、十一月であったが、あれだけの大出師としては、最少の犠牲をもって遂行されたと言ってよい。

そして、遠征軍が帰国すると、たちまち秀吉麾下の諸将の間の鬱積《うっせき》した対立と抗争とが爆発したのだ。

家康の政治的才腕はこのときにおいて、最も見事に発揮された。

十　最後の覇者

一

家康が、一度は思い棄てた天下の覇権を再び現実のものとして思い描いたのは、秀吉の老衰と外征の失敗の明らかになったときである。

家康のこの夢は、思いの外早く実現した。

秀吉の死によって、彼はほとんど自動的に天下の覇者となったのである。

家康の天下を得たのは、小牧の役でもなく、関ガ原の役でもない。秀吉の死によって、それを拾ったのである。

秀吉の死んだとき、彼の実力は、天下に冠絶《かんぜつ》していた。その所領のみをみても、二百五十万石で、毛利の百十二万石、上杉の百三十二万石、佐竹の八十万石、前田の七十七万石、島津の六十三万石、伊達の六十一万石らに比べれば、断然、群を抜いている。

彼はみずからの実力を充分に知り、容赦なくそれを行使した。

秀吉の信頼と諸大名間における声望の点で、辛うじて彼に次ぐ地位を占めていたのは、前田利家であるが、このとき利家はすでに衰弱して、死を眼の前に控えていた。

一致協力して秀吉の遺孤秀頼を守護すべき豊臣恩顧の諸将は、おおむね二派に分かれて抗争をこととしていた。

天下の覇権の、家康の手中にみずから転げ込んだのは、当然である。

利家は、その生前、家康に向かって最後の反噬《はんぜい》を試みたが、実効を収め得なかった。

秀吉の遺言にもとづき、家康、利家らの名で発布された法度によれば、諸大名が勝手に誓紙を取りかわしたり、縁組をしたりすることは固く禁止されていたにもかかわらず、ほかならぬ家康が、まずこれを破ったのだ。

彼は、ほしいままに伊達政宗の女をその第六子忠輝に娶り、甥《おい》松平康成の女を養女として福島正則の子正之に嫁せしめ、外曾孫《そとひまご》小笠原秀政の女を養女として蜂須賀家政の子至鎮《よししげ》に与えることを約束するなど、傍若無人の結婚政策を行なった。

利家は、これを黙視することができず、他の大老奉行らと共に、正式に家康を詰問したが、家康は平然として、すでに媒妁人からその旨を届け出て公許を得たものと思っていたと、うそぶいたのみならず、かえって、

「たとえ、これが自分の手落ちだったとしても、そんなことで自分に逆心があるなどと言うのは、何を証拠にしての言いがかりか。これを理由にして自分を五大老の地位から退けようとするごときは、自分に秀頼公を輔佐《ほさ》せしめようとした太閤の遺命に背くではないか」

と逆ねじをくらわした。

これは、いざとなれば、一戦を辞せぬ覚悟と、その場合勝利を博する自信があればこそ、採ることのできた態度であろう。

この事件は、加藤、生駒、堀尾、細川らの調停によって解決したが、利家はその二カ月後の、慶長四（一五九九）年閏《うるう》三月三日、六十三歳にて逝いた。

利家の死は、それ自体、家康の覇権確保に有利であったが、さらにその死によって、それまで辛うじて慰撫《いぶ》されていた豊臣幕下諸将の不和が爆発したことは、より大きな収穫であった。

秀吉の晩年、その幕下の諸将が、文吏派と武将派とに分かれ、前者が秀吉の側室淀《よど》殿《との》に親近し、後者が秀吉の正室北政所を立てていたことは、天下周知のところである。

文吏派は、石田三成を謀主とする、増田長盛《ましたながもり》、長束正家《なつかまさいえ》、前田玄以《げんい》、小西行長らであり、武将派は、浅野幸長《よしなが》、黒田長政、加藤清正、福島正則、加藤嘉明、細川忠興、池田輝政らである。

両派は、その性格、閲歴、才能の点で、相互に相容れなかったのみでなく、朝鮮の役の論功行賞をめぐって深刻な争闘を演じ、黒田、浅野のごときは、石田の肉をくらっても飽きたりぬとまで、怨《うら》みを含んでいたのである。

武将派の連中は、文吏派の首魁《しゅかい》石田三成を討ち取る機会を狙《ねら》っていたが、三成は、一身の危険を知って、看病を名として前田利家の傍を離れないため、手の下しようがない。

利家が死亡すると、三成の一身は風前の灯となった。

三成はこの危機に、窮余の一策として、従来反目しつづけていた家康の邸に逃げ込んだ。家康が、これを武将派の連中に引き渡せば、簡単に片はつく。

しかし、家康はそうしなかった。三河守秀康に保護させて、その居城佐和山へ送り届けてやったのである。

なぜそんなことをしたか。家康は、本多正信と図って、

――七将たちに三成を殺させてしまえば、七将たちが我儘になるだけだ。三成を助

けておけば、三成憎さに、七将はじめ各大名は、家康の味方になるだろう。今殺してしまうのはつまらぬ。

と、判断したからである。

利家の死去、三成の逼塞《ひっそく》によって家康はまったく独裁的地位に立つにいたった。伏見城に入って、諸政を聴き、世人は彼を呼んで「天下殿」と言った。

彼は、堀尾吉晴に命じて、その本領浜松十二万石をその子忠氏に譲らしめた上、吉晴に改めて越前府中五万石を与え、細川忠興に豊後杵築《ぶんごきつき》五万石を与え、森忠政を川中島十二万七千石に移封した。いずれも、自分に好意をもつ者に対して恩を売ったのであるが、こんなことを自由に行ない得たのは、彼がすでに、事実上、「天下殿」であったからである。

二

重ねて言う。家康が天下の覇権を握ったのは、関ガ原においてではない。

秀吉が島津を伐ち、北条を亡ぼす前に、すでに天下の主であったように、家康も石田を亡ぼし、上杉を降す前に、すでに天下の主権者だったのである。

その主権者の地位を名実共に完成するためには、一二回の決戦をせねばならぬことは当然であり、つとにこれを予期していたであろう。そして、それに対し、充分の勝算を持っていたに違いない。

家康は利家の死後、まずその嗣子利長を恫喝《どうかつ》して屈服させた。

利長に、家康暗殺の計ありという密告があったのを口実に、兵を率いて加賀に出陣すると公言したので、利長は大いにおどろいて、母芳春院（利家夫人）を人質として江戸に送って和を求めたのである。

ついで、家康は諸大名中、最大の領国を有し、東北に蟠踞《ばんきょ》して、反家康の旗幟《きし》を示している上杉景勝に対して手を伸ばした。

景勝は、もとより凡庸の武将ではないが、養父謙信とは比べものにならぬ。ただ、彼を操っていた重臣直江山城守兼続《かねつぐ》という男は、機略縦横、覇気満々の曲者《くせもの》である。

景勝の行動は、その実、兼続の行動であったと見てよい。

景勝が慶長四（一五九九）年八月新領土をみるためと称して会津に戻ると、兼続は景勝にすすめて、しきりに諸城を修理し、道路を開き、糧食《りょうしょく》を貯え、浪人を召し抱えさせた。

――景勝、逆意あり、

という風聞が、上方に伝わったのは当然である。

越後の堀秀治の老臣堀監物《けんもつ》は、間者を放ってその状況を偵察したうえ、これを逐一、家康に報告した。

そのうえ、景勝の家臣でかねて家康に懐柔されていた藤田能登守《のとのかみ》が会津を出奔してきて、同じことを家康に注進した。

家康は使者を送って、景勝を詰問し、誓紙を徴し、速やかに上京すべきことを要求したが、これに対して、直江兼続は、痛快な返書を与えている。大意次のごとくだ。

――国替後の仕置きに忙殺され上洛延引しているのはやむを得ぬ。誓紙を出せとのことだが、一昨年来度々の起請文《きしょうもん》はすべて反古《ほご》になっているではないか。讒言《ざんげん》を妄信して景勝に逆意ありとは心得ぬこと、前田利長が内府の命に従ったのは彼の自由、自分は利長とは違う。

と、初めから喧嘩腰である。ついで、

――武具を集めるのがいけないとは不可解なことだ。上方武士は今焼茶碗や炭取ふくべなどを集めるか知らぬが、われら田舎武士は槍、鉄砲、弓矢などを集めるのに、何がいけないのか。また、道を作ったり橋を掛けたりするのは往来を便にするためだ。謀叛《むほん》をするつもりならば逆に道を塞《ふさ》いで防戦の支度をするはずではないか。われらは上方武士のごとく利巧に立ち廻ることはできぬが、われらが正しいか、内府が正しいかは天下の公論に委ねよう。万一、内府、われら討伐の為下向あるとなればそのとき次第、いか様にも仕《つかまつ》ろう所存。

来るなら、来い、戦おう——と、言いきっているのである。

家康も、ある程度こうした返書は予期していたのであろう。兼続の返書の到着する以前から出陣の準備をしていたが、返書を得ると、いよいよみずから出馬して景勝を討つことにきめた。

慶長五（一六〇〇）年六月十六日、家康は大坂を出て、東へ向かった。

しかも、奇怪なことには、その行軍は、いつもの家康には似もやらず、悠々たるものので、鎌倉や金沢を見物して、七月二日ようやく江戸に入り、二十一日まで江戸城に腰を据えている。

おそらく、彼は上方から来るべき飛報を待ち受けていたのであろう。自分が大坂を去れば、三成一派がことを挙げるだろうとは、彼の慧眼《けいがん》が、充分に見抜いていたに違いないのである。

従軍の諸将は、浅野、福島、黒田、池田、細川、生駒、中村、堀尾、田中、加藤（嘉明）、藤堂《とうどう》、山内、真田以下、兵数五万六千。

上方における三成らの動静については、七月十一日以降、数回にわたって通知を受けていたが、急旋回の大行動を起こすべき待望の報知が来ないままに、二十一日江戸を発して北上、二十四日小山《おやま》にいたった。

前軍の司令は、徳川秀忠。これに結城秀康、松平忠吉、蒲生秀行、榊原康政、本多忠勝、真田昌幸らが属し、後軍は、家康みずから諸将を率いていた。

鳥居元忠が、伏見から送った使者が、家康の許に着いたのは、二十四日、この小山の陣中においてである。これこそ、家康が鶴首《かくしゅ》していた三成挙兵の確報であった。

三

三成が直江兼続と、どの程度の緊密な打ち合わせをしていたものかは、不明である。

慶長四（一五九九）年春、三成と兼続が密談を重ね、景勝と三成と佐竹義宣との三者会盟が行なわれたとか、その年の暮れ、三成の謀臣島左近が会津におもむいて兼続と謀議とか言う説もあるが、確証はない。しかし、何らかの連絡があったことは、当然であろう。

三成は、まず、大谷《おおたに》刑部《ぎょうぶ》吉継《よしつぐ》を味方にひき入れて、最大の相談対手《あいて》とした。

刑部はもともと家康派であり、このときも上杉征伐に従軍するつもりで濃州垂井《たるい》まで来たのであるが、ここで三成に口説《くど》かれたのである。

刑部ははじめ、極力これを諫止《かんし》したが、三成はどうしても聞き入れない。

「この度の企ては、自分一身のためではない。秀頼公のために命を棄《す》ててかかっていることだ。ぜひとも、貴下の命を私に賜わりたい」

と三日の間ねばったので、刑部も日頃の誼《よし》みから遂に、味方する決心をした。

三成はついで、安国寺恵瓊《あんこくじえけい》を使って、毛利輝元を抱き込んだ。毛利家中には吉川広《きっかわひろ》家はじめ反対する者が多かったが、輝元は安国寺の言葉に乗って、広島から大坂に到着し、大坂城に入って、西軍の盟主たる地位についた。

ここにおいて、三成は七月十七日、奉行連署をもって、家康の罪状を公けにした。利長の母を人質にしたこと、景勝討伐の軍を発したこと、伏見城を占領し、大坂城西の丸に入ったこと、細川忠興らに勝手に知行を与えたこと、政務を独裁していること、など十三カ条にわたって羅列したうえ、

――内府は誓紙に叛《そむ》き、太閤の置目に背《そむ》き、秀頼を見捨てている。太閤の御恩を忘れぬならば、この際、秀頼に忠節を尽くしてもらいたい。

と、諸方に檄《げき》を飛ばしたのである。

檄に応じ、西軍に加担したものは、上記の毛利輝元のほか、宇喜多秀家、島津義弘、小早川秀秋、鍋島《なべしま》勝茂、長宗我部盛親、増田長盛、小西行長、蜂須賀家政、長束正家、生駒親正、脇坂安治ら、その兵力九万三千七百余。

三成はただちに、家康方諸将の妻子を人質として大坂城内に収容しようとした。

が、この政策はほとんど失敗した。

最初に収容しようとした細川忠興の妻ガラシャ夫人が、これを拒んで命を断ったからである。

西軍側は、これに倣《なら》う者の出ることを怖れて、大坂城に収容することを止め、その居宅に哨兵《しょうへい》を付けて監視させることにした。

ところが、その監視の目をくぐって加藤清正、黒田如水《じょすい》、池田輝政らの夫人たちは、大坂の邸を脱出して、領国へ逃れてしまった。

西軍は、家康が軍を還して来たり攻めてくるのを待つよりは、進撃してこれを途中に迎え撃つ計を立てたが、その前に、家康の老臣鳥居元忠、松平家忠らの籠《こ》もる伏見城を開城せしめようとした。

鳥居元忠は、この日のあることを覚悟していた。家康も、東下するに当たり、そのことをとくと言い含めていたのである。

七月十八日、増田、長束らが、伏見城を引き渡すよう申し入れてくると、元忠は断乎拒絶し、急を家康に報ずる使者を派遣しておいて、城の防備を固めた。

翌十九日夕、西軍の宇喜多、小早川、島津以下四万の兵が伏見城を囲んだ。城兵、わずかに千八百。

攻撃は猛烈を極めたが、城兵善く戦って八月一日におよび、内応の兵が城内に火を放つにおよんで、ようやく、攻囲軍は城内に突入した。

家忠、槍を揮《ふる》って死闘、力つきて自殺し、元忠は突撃すること五回、部下ことごとく斃《たお》れ、わずか十余人と共に本丸を退き、石段に寄って自刃した。

四

小山において、鳥居元忠からの急報を受け取った家康は、宇都宮に進んでいた秀忠その他、その付近に在陣する諸将を集めて軍事会議を開いた。

会議の模様は、『徳川実紀』に活々と描写されている。

家康は、集まった諸将に対して、三成らの挙兵を告げたうえ、

「卿《けい》等の妻子は皆大坂にいるのだから、定めし心配であろう。速やかにこの陣中を引

き払って大坂に上り、石田方に加わるとも少しも恨みとは思わぬ。わが領内の各宿駅には、宿泊人馬のことについて支障なきよう命令しておくから、安心して上方へおもむかれるがよい」

と言う。諸将いずれも愕然《がくぜん》として、しばらくは声を発する者もない。このとき、福島正則が進み出て、

「余人は知らず、私はかかるときに臨んで、妻子に惹《ひ》かれて武人の道を違えるような心はさらにない、内府の御為めに身命を抛《なげう》って、御味方いたしましょう」

と言い切ったので、黒田、浅野、細川、池田をはじめ、列座の諸将ことごとくこれに倣《なら》って、家康に異心なき旨を誓った。

そこで家康が会津に攻め入って景勝を敗ってから上方へ進発すべきか、景勝を捨て置いて上方へ発すべきかを議題とすると、ほとんどすべての者が、

「上杉は枝葉、まず石田を征伐されるがよろしいでしょう」

と答えた。

「さらば、清洲の福島正則、吉田の池田輝政が敵地に最も近いから、先陣をしてもらいたい」

と意見定まり、景勝に対しては、結城秀康を宇都宮城に置いて対抗せしめ、

「景勝が兵を進めて来たらば、その鬼怒川《きぬがわ》を越えるのを待ってその後を遮断せよ。彼が驚いて兵をかえすときこれを追撃するがよい。さもなくば決してこちらから進んで戦いを挑んではならぬ」

と命令を与えた。

福島、池田以下の諸将は、二十九日、早々に西へ向かって出発する。

家康は、善後措置を終えて、八月四日、小山を立ち、六日、江戸城に入った。

家康に従って東下した諸将はことごとく、家康方に属したが、ただ一人の例外があった。

真田安房守《あわのかみ》昌幸である。

昌幸は、その子伊豆守信幸、左衛門佐幸村と共に宇都宮に近い犬伏というところに着いたとき、三成から、挙兵を報せ味方に加わるようにとの勧誘状を受け取った。

昌幸はその書状を読み終わると、

「かねて噂もあったが、いよいよ治部少《じぶしょう》（石田三成）が兵を挙げた。秀頼公の仰せをこうむった以上、自分は御味方に参ろうと思うが」

と、信幸の方を、心もとなげに見たのは、信幸がかねて家康に心服し、家康の家中本多忠勝の娘を妻としていたからである。

はたして信幸は、

「父上は、年頃、内府とはあまり御仲がよくないのですから、秀頼公の仰せを奉じて、上に参られるのがよいでしょう。また、幸村は、大谷刑部の婿、当然、上方に属すべきでしょう。しかし、私は、内府の恩を受けること久しく、本多との縁もあります。このときに及んで、内府公に叛いては、後々までも恥辱《ちじょく》、私は関東方について、徳川家と興亡を共にいたしたいと思います」

と、承知しそうもない。遂に父子兄弟袂《たもと》を分かち、昌幸、幸村は三成に味方すべく上田の城に戻り、信幸は家康の幕下にとどまったのである。

さて、東軍の先発諸将は、八月十四日、ことごとく、福島正則の居城たる清洲城に集合した。

美濃の平野で、大決戦を試みようとした西軍は、すでに犬山、岐阜、竹鼻の諸城を固めている。東西両軍は、木曾川を中に、わずか六七里を隔てて、対陣したわけである。

東軍諸将は、いずれも家康が西下してくるのを待って戦端を開こうとして待っているが、家康はなぜか、容易に江戸から腰を上げない。

この理由について、『川角太閤記』には、興味ある記事が載っている。

戦後のある日、諸将が寄り合って、

「今度の小山在陣中に、三成謀叛の報せが来たのは、太閤が備中在陣中に本能寺の変を知ったのとまったく同じだ。あのとき、太閤は、即時、毛利と和を講じ、姫路城へ戻ったが、一夜も止まらずに打って出て明智を討滅したのは、実にすばしこいやり方であった。内府は、これと違って、われわれに、関西方に加わってもよいとまで言われ、実に丁重な扱いであった。しかし、同じことなら、内府公が、ただ今上方からこういう報せがあったが、各々方の力はかりぬ、あの若僧共ふみ潰《つぶ》してくれるといって江戸へ驀地《まっしぐら》に戻り、そのまま上方へ打って出られたとしたらどうだ。われわれとても、そうなれば、内府公の手を煩《わずら》わすまでもなく先陣して、八月中にも内府公の天下となしたであろうものを、太閤に比べれば、内府の出陣振りは、慎重に過ぎたようではないか」

と話し合っていると、細川忠興が、

「いやいや、自分はそうは思わぬ。第一、太閤のあのときの地位と今の内府の地位とは、天と地、提灯《ちょうちん》と釣鐘《つりがね》ほど違う。太閤は当時、わずか播州《ばんしゅう》一国の主、西に大敵毛利と対し、背後を明智に衝《つ》かれたならば籠《かご》の鳥、とても立つ瀬はないと見きり、ひとおもいに明智に向かって突きすすみ、幸運にも明智を討ちとめたのだ。太閤としては、死地に飛び込んで活路を開く以外に途《みち》はなかったと言ってよい。しかし、内府は関八州の太守、財力も武力も無限といってよい。内府公はおそらく諸大名が上方に走って治部少に加わらば、治部少共々すべて討ち敗ってくれようと考えておられたかも知れぬ。うっかり内府公の言葉に乗って三成方についていたら、今頃はわれわれ皆命からがらになっていたに違いない。してみれば、内府公が関ガ原に上ってこられたときは、太閤よりも十倍も、軽々とした気持ちだったろうし、内府の深謀の恐ろしきことは、太閤に十倍するものがあると思う」

と述べたので、一同、まったくそのとおりとうなずき合ったという。

果たして、家康の心理がかくのごときものであったかは分からぬが、少なくもこの合戦に必勝の自信を持っていたことは疑いない。

関ガ原の役を天下分け目の戦いと言うのが通説であるが、これは、必ずしも正しくない。その一戦によって天下をとるか失うかという、制覇の決勝戦こそ、天下分け目の戦いである。このとき、家康は、すでに実質的には完全に天下をとっているのだ。三成の挙兵はその覇権に対する反抗に過ぎぬ。それも不意に起こった反逆ではない。充分に予期し、むしろ家康の待望していた反逆である。彼は、綽々《しゃくしゃく》たる余裕をもって、これに対処したであろう。もちろん、大戦闘である以上、これに備えてとるべきいっさいの手段はあらかじめとったであろうし、いよいよの決戦に当たっては全力を尽くしたであろうが、秀吉が光秀と闘ったときのような起死回生の切羽《せっぱ》つまった棄て身の気持ちはなかったであろうし、その必要もなかったのである。

従って、家康としては、先陣の福島、池田らに、ひとまず西軍と戦わせてみたうえ、ゆっくりと江戸を出発しようと考えていたのであろう。

諸将は、家康の西下を待ち切れず、まず、岐阜城の攻撃を開始した。

この城を守っていたのは、信長の嫡孫、すなわち幼名三法師《さんぼうし》君と言われた織田秀信である。

秀信は、籠城《ろうじょう》の計をしりぞけて城外に迎撃したが、池田、福島、浅野、加藤、細川以下の東軍、これを破って城下に迫り、本丸を陥入れて火を放った。

秀信は、降伏して、のち高野に上った。

東軍、さらに進んで犬山城を降し、大垣に向かって進む。

両軍は、合渡《ごうど》川を挟んで銃戦を交えたが、東軍は力戦して川を渉《わた》り、西軍は退いて三成のいる大垣城に入った。八月二十三日である。

この勝報を得て、家康はしばらく、九月朔日《ついたち》、三万二千七百の兵を率いて江戸を発し、十一日清洲城に到着、十四日、進んで大垣の西北一里半の赤坂にいたった。

五

西軍は、決戦の刻《とき》を眼前に控えて、その内情、実に惨憺《さんたん》たるものがあった。

三成が九月十二日、大坂にいる増田長盛に与えた書状は、それを如実に物語っている。

これによると、西軍は、その間際まで、家康が上杉景勝や佐竹義宣にさえぎられて、西下して来ないのではないかと、空頼みしていたらしい。

そのうえ、烏合《うごう》の衆の常、味方の間に反目猜疑はなはだしく、志気すこぶる揚らなかったことは「近頃味方中、ちぢみたる体に候」とある一語で明白である。

長束正家、安国寺恵瓊は垂井の上の高地岡ガ鼻に陣していたが、これは「人馬の水も無き高山で、いざと言うとき人数の上り下りもできぬところ、味方も不審に思っている。敵が怖ろしくて、一身の安全をのみ計っているとしか思われぬ」という有様である。

内通者もしくは、内通の意図ある者は、無数にいた。小早川秀秋の内通はほとんど公然の秘密になっていたが、敵を眼前にしてこれを討つこともできず、火薬を抱えているごとき心地である。吉川《きっかわ》広家、毛利秀元も両股《ふたまた》主義をとっている。盟主としている毛利輝元も、大坂に籠もったまま、戦場に出て来ない。その理由が、ほかならぬ増田長盛に内通の疑いありと言うのだから、果たして誰を信じてよいか分からぬ。

味方と思っていた京極高次は、大津に立て籠もって東軍に応じてしまったし、丹後の田辺城に籠もった細川幽斎を攻めに行った西軍は一万五千の大軍をもって、わずか五百の城兵を破砕することができないでいる。

西軍のうち、頼み甲斐《がい》ありと見えるものは、大谷刑部のほか島津義弘、宇喜多秀家、小西行長らがあるのみ。

こうした状況の下で、三成は、大垣城に籠もることを不利と考え、福原長尭《ながあき》に七千五百の兵を与えてこれを守らしめ、主力は十四日午後七時、関ガ原方面に向かって撤退し、ここで東軍を迎え撃つことになった。

折しも秋雨蕭《しょうじょう》条として降りつづいて、四面暗々、四里の途を退いてゆくうちに、全軍ことごとくびしょ濡れになった。

明くれば九月十五日、家康は、大垣城の攻撃を止め、一路、三成の本拠佐和山城を衝くため、前進した。

かくて両軍は、関ガ原においてまみえ、ここに一大決戦を試みることになったのである。

関ガ原は、美濃国《みののくに》不破郡にある中山道の一駅であるが、伊吹山脈が近江からきて両分する谷間にあり、伊勢・尾張・北国・京師に至る四道の咽喉《のど》を扼《やく》する地点である。駅の北東に相川山、岩手山、西および西南に城山、松尾山、東南に南宮山《なんぐうやま》。駅の周辺は四辺形をなす平原で、東西二キロ、南北一・八キロ、この平原に相川、寺谷川、関之藤川の三川が流れている。

石田三成の隊は、十五日午前一時、関ガ原駅に着し、小関村に陣して北国街道を扼した。島津義弘の隊は、同四時、三成の陣を去る一町半右方、小池村に陣した。

ついで、小西行長は、島津隊の右、寺谷川に面して陣を占め、最後に到着した宇喜多秀家は天満山の前を選び、中山道を扼した。

大谷刑部は、関之藤川を前にし、宇喜多隊と共に中山道を扼すると共に、松尾山の小早川秀秋を監視した。

その中間に、脇坂安治、朽木元綱ら。

南宮山には毛利秀元、その東南端には長宗我部盛親。岡ガ鼻の長束と安国寺とは、従前どおり動いていない。

総兵力八万。ただし結果的にみればそのうち、小早川の一万三千と、脇坂らの五千とは裏切りして東軍に与《くみ》し、毛利秀元の一万六千は形勢を看望して動かず、長宗我部の六千六百、安国寺の一万八百、長束の一千五百は戦わずして奔《はし》ったのであるから、真に西軍のために戦ったのは、石田麾下《きか》の八千、島津の一千五百、小西の四千、宇喜多の一万八千、大谷の二千、総計三万三千五百に過ぎない。

東軍は、十五日午前三時、行動を開始した。先鋒《せんぽう》部隊が、関ガ原に到達したときには、雨いまだやまず、霧深く、福島隊の先頭が、西軍宇喜多隊の最後尾たる小荷駄部隊と入れ交るという状況であった。

東軍の布陣は、福島正則が左翼となって宇喜多に対し、黒田長政が右翼にあって石田に対し、細川、加藤、田中、井伊、松平（忠吉）らが中間にあって、小西、島津と対し、福島の背後に斜めに控えた藤堂、寺沢、京極らは、大谷に備えた。

家康が馬を駐《とど》めた桃配山《ももくばりやま》は、石田、小西らの陣場と隔たること約一里。

午前八時、松平忠吉、井伊直政がまず宇喜多隊に向かって攻撃を始め、福島隊がこれに続いた。

両軍の主力は激突し、交互進退、銃声とおたけびは地をふるわし、死傷数を知らぬ。

三成は戦機すでに熟したと見て、合図の烽火《のろし》を挙げて、小早川秀秋、毛利秀元、吉川広家らに出撃を促したが、いずれもまったく動く色がない。

一方、家康も、馬を進めて関ガ原東口にいたり、正午近くまで秀秋の裏切りを待っていたが、秀秋が容易に動きそうもないので、指を噛《か》みながら、

「えい、小倅《こせがれ》めに欺かれたか、松尾山に鉄砲を打ちかけてみよ」

と命令する。

秀秋はこの鉄砲による催促で、ようやく最後の決意を固め、西北に向かってとっかんして下り、大谷刑部の陣に突入した。脇坂、朽木らもこれに応じ、鉾《ほこ》を逆にして、大谷の陣につき入る。

大谷刑部は癩《らい》を患い、身体腐爛《ふらん》し、両眼もほとんど失明し、輿《こし》にのって指揮をとっているという悲惨な身であったが、秀秋の裏切りによって麾下敗ると知って自尽した。

懸念していたとは言え、その実現せざることを願っていた秀秋の裏切りは、西軍の戦意を完全に粉砕した。

小西、宇喜多の兵、崩れ立ち、いずれも東北へ向かって潰走《かいそう》する。

石田隊は、黒田、細川、藤堂、田中、京極の諸隊を対手に奮戦、午後にいたるまで勝敗容易に決しなかったが、小西、宇喜多両隊が潰走するに及んで遂に敗れ、三成は西北の山間に逃走した。

残るは、島津隊のみ。

本多忠勝、福島正則、小早川秀秋、井伊直政ら、これを包囲して猛撃する。

衆寡《しゅうか》敵せず、島津隊ついに敗れたので、島津義弘は全隊一団となって敵中を突破しようと図り、旗印を棄て馬標《うまじるし》を折り、東南に向かって血路をひらこうとした。

東軍の追撃すこぶる急なので、島津豊久は馬を返して闘って討ち死にしたが、義弘は戦いつつ逃れ、辛うじて南宮山の西南から伊勢路に奔った。このとき全員わずかに八十余名、他はすべて戦死したのである。

長束、安国寺の両隊は、鉄砲の音、鬨《とき》の声を聞きながら行動を起こさず、午後にいたってようやく、人を派して戦況をうかがわせたが、島津隊の退却してくるのに出会い、おどろいて一戦も交えず、伊勢に逃走した。

長宗我部も、また、同じ態度で、まったく干戈《かんか》を交えることなく伊勢に奔《はし》った。吉川広家、毛利秀元も大軍を擁しながら、まったく戦わず、近江に向かって退却していった。

午後二時、東軍の勝利は完璧となった。

家康は、天満山の西南、藤川の台に本陣を据えて首実検の式を行ない、殊勲の黒田長政、本多忠勝、福島正則、松平忠吉、井伊直政らに懇切な賞詞を与える。

四時、車軸を流す大雨が襲ってきた。

家康、諸将の陣に布告して曰く、

「この雨では飯を炊くこともなるまい。さりとて空腹の余り生米をそのまま食うては腹をこわすぞ、米をよくよく水に浸しておき、戌《いぬ》の刻（午後八時）頃になってから食うがよし」

六

家康は、十五日夜、ただちに小早川秀秋らに命じて、佐和山城に向かわせた。ここには三成の兄正澄その他の家族がいる。

十七日、攻囲戦が始まり、翌日、城内に叛く者あって本丸に火を放ったので、正澄ら自刃し、城は陥ちた。

家康、十九日草津に着す。

翌二十日、中山道を進んできた徳川秀忠が、草津に来着した。

秀忠が、こんなに遅れたのは、上田城の真田昌幸のためにさえぎられたためである。

家康は怒って、二十三日まで秀忠に面会を許さなかった。

大坂城の毛利輝元は、当初から戦意まったくなく、関ガ原の敗報が届くと、慌てて誓書を送って城を退いたので、家康は二十七日、大坂城に入った。

戦後の敵方処分は次のごとくである。

石田、小西、安国寺の三名は逃走後いずれも捕らえられ、十月朔日六条河原で首を刎《は》ねられ、長束は領国に逃れたが自殺し、宇喜多秀家は脱出して薩摩におもむいた（後八丈島に流さる）。

毛利輝元は、本領安堵《あんど》の内諾を得て大坂城を退いたのであるが、家康は大坂城を収めると態度を一変し、その封土のすべてを奪おうとした。しかし、吉川広家の哀訴により、その領国十州の中八州を削り防長二州のみを与えることとした。

島津氏は、義弘の逃げ戻った後、一方において、家康に対して陳謝すると共に、他方、武備を固めて、容易に当主義久（義弘の兄）の上洛要求に応じなかった。家康は、島津の力を充分に認識していたから、これを武力で討伐することを避けて和平工作をつづけて、旧領を保証したので、しばらく間を置いてから義弘の第二子忠恒が上洛して家康に謁見した。毛利に比べれば、島津の態度ははるかに巧妙でもあり、立派でもあったと言ってよい。

その他、長宗我部盛親は、封を奪われて京に蟄居《ちっきょ》し、真田昌幸は、信幸の戦功に免じ死を宥《ゆる》され高野山に幽せられ、増田長盛は岩槻《いわつき》に幽せられた。

会津の上杉はどうなったか。

家康の西上後、景勝は兵を国境外に出して、伊達政宗、最上義光らと戦ったが、はかばかしいこともなく、年を越えて三月、結城秀康を通じて家康に降り、八月、封を削られて、米沢三十万石に移された。景勝と謀臣直江兼続の行動は、まったく竜頭蛇尾と言うほかはない。

家康の論功行賞は、次のごとくである。

結城秀康	越前	六十七万石
松平忠吉	尾張	六十四万六千石
前田利長	加賀・越中・能登	百十九万二千石
小早川秀秋	備前・備中・美作	七十二万石
福島正則	安芸《あき》・備後	四十九万八千石
池田輝政	播磨	五十二万石
堀尾吉晴	出雲・隠岐《おき》	二十三万五千石
黒田長政	筑前	五十二万五千石
中村忠一	伯耆	十七万五千石

加藤清正	肥後	五十一万五千石
浅野幸長《よしなが》	紀伊	三十九万五千石
細川忠興	豊前・豊後	三十七万石
田中吉政	筑後	三十三万五千石
山内一豊	土佐	二十万二千六百石
京極高次	若狭	九万二千石
京極高知	丹後	十二万七千石
加藤嘉明	伊予	二十万石
藤堂高虎	伊勢	二十万石
蜂須賀至鎮	阿波《あわ》	十八万六千石
生駒一正	讃岐《さぬき》	十七万石
井伊直政	佐和山	十八万石
本多忠勝	桑名《くわな》	十二万石
本多忠朝	大多喜	五万石
石川康通	大垣	五万石
本多康重	岡崎	五万石

従来は少なくも形式上は、秀頼の後見役、豊臣家の大老として諸政を司った家康は、今や完全に自己の名において、全国の仕置を存分に行ない、諸大名も、彼を同じ豊臣家に臣従する先輩としてではなく、直接の主君として仰《あお》がねばならなくなったのである。

家康は単なる関ガ原の覇者ではなく、全日本の覇者として、しかも戦国乱世の覇者交代の最後の覇者としての地位を名実共に確立した。

慶長八（一六〇三）年二月の将軍宣下は、ただ形式上のものを加えたに過ぎぬ。

十一　駿府《すんぷ》の大御所様

一

家康が江戸城並びに江戸市街の建設に本腰を入れ出したのは、関ガ原の役が終わってからである。

「総じて江戸城は、天正十八（一五九〇）年八月朔日《ついたち》御入国以来、拾三ケ年許りは、強《しい》て御手をつけられず、御質素の御住居なる由、御旗本旧功譜代の老輩、何れも申し残せし事、われ弱冠の日、常々聞き候所なり、然れば天正十八（一五九〇）年より、十三ケ年程過ぎれば、慶長七（一六〇二）年に当たるなり。これ関ガ原大勝利、天下一統せられしは、慶長五（一六〇〇）年なれば太平の後、猶《なお》三ケ年ばかりを過されて、御造営にかからせ給ふ。されば慶長七（一六〇二）年の比より諸大名にも仰付られ、ほぼ御造営ありしなり。然れども全く大御造営せらるるものは、凡《およ》そ慶長十五（一六一〇）年より始まり、十九（一六一四）年に至る。この時、御本城並外郭、大外構、土手、多門櫓《やぐら》（俗《ぞくに》是《これ》を見付《みつけ》と云《いう》）等出来なり」（参考『落穂集』）

慶長七（一六〇二）年頃よりとあるが、本格的には、慶長八（一六〇三）年二月十二日、家康が征夷大将軍《せいいたいしょうぐん》に補任《ぶにん》され、江戸が正式に全国の覇府となったとき以後であろう。

すなわち、慶長九（一六〇四）年新幕府は、諸大名に命じ石材を運送せしめ、木材を供出させた。慶長十一（一六〇六）年以降、各大名はみずから江戸に入って、築城工事を分担し、これを親しく監督した。

分担は、藤堂高虎《とうどうたかとら》の縄張の下に、黒田長政が天主台を築き、山内忠義らが本丸石垣、毛利秀就《ひでなり》、吉川《きっかわ》広家が本丸、木下延俊が虎の門石垣、島津忠恒が石材運送船の建造などである。

築城のみでなく、市街の建設にも、諸大名の力が充分に使用された。慶長八（一六〇三）年二月、まず江戸の埋め立て、水路の開鑿《かいさく》について、一番組から十番組まで分かって工事を行なわしめた。各組の代表者は、結城《ゆうき》秀康、上杉景勝、本多忠勝、蒲生秀行、伊達《だて》政宗、生駒《いこま》一正、細川忠興、黒田長政、加藤清正、浅野幸長《よしなが》である。

これらの力によって神田山を壊《こぼ》ち、城の東南の浅洲《あさす》や沼沢地を埋め、道路を設け、橋梁《きょうりょう》を架し、水路をうがって、方三十町の新しい市街地を得た。日本橋のできたのも、このときである。

日本橋以南、現在の京橋から新橋付近まで、並に八重洲河岸、日比谷付近の水面、および八丁堀の一部、木挽《こびき》町付近が逐次埋め立てられていった。

慶長十二（一六〇七）年の江戸城大修築は、さらに大規模で、五層天主閣も完成し、大手門を造り、外郭の土屏《どべい》を高め、外濠《そとぼり》を深くし、北郭を構築した。

慶長十七（一六一二）年には、外郭は方約二十町、周囲二里におよんだが、慶長十九（一六一四）年さらに外郭を強化した。

これらの課役が、諸大名にどれだけ多くの労力と力費とをかけたかは、想像に難《かた》くない。

おそらく、それは、幕府が意図したことであろう。諸大名の財力を傾け尽くさせて、これを疲弊させるため、幕府は江戸城のみならず、彦根《ひこね》、長浜、駿府、篠山《ささやま》、名古屋、亀山《かめやま》、高田の各城郭新築のためにも、諸大名、特に外様《とざま》大名に対して課役した。

城下の繁栄を促進した大きな原因の一つは、諸大名の邸宅造営である。これは各大名が、新政権に忠誠を示すために、人質の意味で一族の者を江戸に置いたのに始まる。

その最初は、すでに述べた、前田利長がその母芳春院に老臣共の子女を添え江戸に送ったことだ。

以後、これに倣《なら》って、証人を出し、江戸に邸を設けるもの相次いだが、幕府開設以後は、各大名とも次第に江戸に詰める必要を生じたので、幕府に乞《こ》うて邸地を求め、いずれも豪華を競う邸宅を営んだ。

家康入部以来、家康の旧領である駿遠三の地方および小田原辺から、江戸に移ってくる商人が少なくなかったが、江戸が天下の首都と定まり、諸大名の邸宅が置かれ、おびただしい武士たちが定住するようになると、伊勢、近江をはじめ関西方面のいたるところから利を求めて、商人たちが続々と押しよせて、ここに定住し、土地が益々不足したので、近郊の農地を宅地となし、丘陵をくずして埋め立て地をつくって、市街とすることは相次いだ。

この間、慶長十（一六〇五）年四月十六日、家康は将軍職を秀忠に譲り、みずからは駿府城に移っている。従って、江戸城と城下市街の建設は、直接には専《もっぱ》ら新将軍秀忠の下で行なわれたわけであるが、それが家康の最高意思に基づいていたことはいうまでもない。

駿府に移った家康は、大御所《おおごしょ》と称された。

大御所とは元来、親王や公卿《くぎょう》の隠居所を指し、さらにその人を指したものであるが、後には、将軍の父または前将軍の住所またはその人を指すようになったものである。

『徳川実紀』慶長十（一六〇五）年四月十六日の条に、

「今日ヨリ御父君（家康）ヲバ、大御所ト称シ奉ル」

とある。

二

将軍職は秀忠に譲ったとはいえ、政治の実権は、依然、まったく家康の手中にあった。

彼は年来の謀臣、本多正信を江戸に置いて、秀忠を輔《たす》けしめ、駿府の自分の許には、正信の子正純《まさずみ》を侍《はべ》らせて、両者の間に緊密な連絡を保たせつつ、天下の政治の大綱はことごとくみずから決裁した。

徳川幕府の諸制度は、おおむねこの期間に作り上げられたのである。

彼は、その幕府機構を形づくり、これを運営してゆくうえに、最も多く源頼朝《よりとも》の先例を参照し、『吾妻鑑《あずまかがみ》』を座右の書としたと言われている。もちろん頼朝の時代とはすべてが違っているから、多くの点で彼みずから考え出さねばならなかったことが多かったであろうが、少なくも繁雑な形式よりも、簡明な実際を選んだこと、公武の別を明らかにして、武家の公卿化を避けたことの二点は、明らかに頼朝を師としたものとみてよい。

彼はまた、秀吉が余りに放胆に領国を諸大名に分与し、しかもその大々名を以て五大老として、政治に参画せしめるごとき方策をとったことを失敗なりとし、諸侯の封土を過大ならしめないこと、大々名は政権に関与せしめないこと、政権に与《あずか》る者には大なる封土を与えないこと、を建て前とした。

家康みずから、第二の家康の出現を封殺したのである。

彼が諸大名の勢力均衡と、その抑制とにすこぶる意を用い、外様と外様、外様と譜代、譜代と譜代とが、相互に牽制《けんせい》し合うごとく配置したことは、周知のところである。

親藩である三家に対してさえ、心を許すことなく、紀州に安藤、水野、尾州家に成瀬、水戸家に中山を付家老として、輔導《ほどう》と監視の任に当たらせたばかりでなく、それぞれ岸和田の岡部、岡崎の本多、土浦の土屋等の譜代を、すぐ近くに置いて、万一の場合の備えとした。

家康はまた、諸大名に対しては武家諸法度《ぶけしょはっと》、朝廷に対しては禁中および公家《くげ》諸法度を定めて、その行動を規制した。

このどちらも、大坂の役の直後に発布されたものだが、そのための研究は早くからなされ、充分に練られていたものである。

武家諸法度は十三カ条からなる。（後、綱吉のとき、十五カ条となる）。
一、文武弓馬の道、専ら相嗜《たしな》むべき事。
一、群飲佚遊《ぐんいんいつゆう》を制すべき事。
一、法度に背く輩は、国々に隠くし置く可《べか》らざる事。
一、国々大名、小名、並諸給人、各々士卒を相抱へ、叛逆《はんぎゃく》を為し、人を殺すを告ぐる者あらば、速やかに追出すべき事。
一、自今以後、国人の外、他国の者を交へ置く可らざるの事。
一、諸国の居城、修補を為すと雖《いえど》も、必ず言上すべし、況《いわん》や新儀の構営は、固く停止せしむる事。
一、隣国に対して新儀を企て徒党を結ぶ者、これあらば速やかに言上致すべき事。
一、私に婚姻を結ぶ可らざる事。
一、諸大名参覲《さんきん》作法の事。
一、衣裳《いしょう》の品、混乱す可らざる事。

一、雑人、恣《ほしいまま》に乗輿《じょうよ》す可らざる事。
一、諸国諸侍、倹約を用ふべき事。
一、国主は政務の器用を撰《えら》むべき事。

そして、この城池の新築、修繕の禁止、自由な婚姻の禁止条項に、些細《ささい》な違反をしたことが、しばしば大名家改易《かいえき》の理由となったのである。

諸大名は、ただ戦々兢々《きょうきょう》として、この法度に触れざらんことを努めるようになった。

禁中および公家諸法度十七カ条は劈頭《へきとう》に天子諸芸能のこと、第一御学問なり、と規定して、天子の政治活動を完封し、ついで三公親王大臣らの席次を定め、さらに才能者選抜を規定したが、これは幕府に都合のよい者を登用するためであった。

公家諸法度中、最も重要なものは、次の二カ条であろう。

一、武家の官位は、公家の当官の外たるべき事。
一、関白、伝奏並奉行、職事等申渡す儀、堂上地下の輩、相背くに於ては、流罪たるべきこと。

前者は、武家の官位は一種の名誉的のものに過ぎず、従って何ら朝廷の伝統的因習に拘束されることなく、公家的任務に服する義務もなく、公家との間に権衡をとる必要もないことを示したものだが、逆に見れば、公卿の官位こそまったく形式的名誉的のもので、政治の現実からは完全に絶縁されたものであることを明示したものである。

後者は、伝奏の二字に意義を持つ。これはもちろん、武家伝奏のことで、朝幕の交渉に当たるもの、実際においては、朝廷内において武家のために活動する御用公卿である。それが関白同様に、堂上地下の朝臣に命令し、違反者は流罪にすると言うのである。また、すなわち京都所司代が、京における幕府実力の代表者であることは言うまでもない。

三

家康が天下を取り、これを保ち、これを子孫に伝え得た理由は無数にあろうが、彼の財力が、当時の各大名のいずれと比べても、隔絶して巨大であったことも、たしかにその一つである。

彼は、少年時代の困苦流離の間に、おのずから金銭の尊ぶべきことを知らされていた。

三河時代に、家臣に向かって、

「お前たちが妻を迎えるには、木綿を織ることの上手な女を探すがよいぞ。良人の出陣中、俸米が充分に手渡らぬような場合、木綿を織って生計のたつきもできるからな」

と言ったことは有名である。

彼は、部下の功労者にも、充分の封禄《ほうろく》を与えず、吝嗇《りんしょく》だと言われた。本多忠勝、井伊直政、榊原康政などが、晩年非常に不満に思っていたことが、『武家事記』に記されている。

康政のごときは、その病没する前、家康から見舞いの使いがきても、蒲団《ふとん》から下りようともせず、不貞腐《ふてくさ》れた態度で、

「康政は、腸が腐って、もうじき死にますと、申し上げてくれ」

と言った。その後で、秀忠から使いがくると、蒲団を下りて、礼服を背にかけて、丁重に礼を述べたと言う。家康がかねて、天下をとったらば、大国の主にしてやろうと約束しておきながら、知らぬ顔をしていたので、憤慨していたのだという。

家康は、

「平常の国費は、年毎の入額をもて弁じ、成たけ浮費を省き、金貨を多く貯《たくわ》ふべし（中略）当年の入額荷程余分ありとも、あだに心得て、さまで功績なき者に、みだり

に新知与ふる事あるべからず」

と言っているが、大いに功績ある者にさえ、知行を惜しんだのである。

その一方、農民に対しては、相当苛酷《かこく》な態度に出た。彼は、

「百姓の気儘《きまま》なるは、一揆《いっき》を起す基なり（中略）難儀にはならぬ程にして、気儘をさせぬが、百姓共への慈悲なり」

と言い、

「百姓の年貢を取る事、鷹《たか》のししあての如し、過ぎても悪し、及ばざるも悪し」

と言った。彼の腹心、本多正信も、

「百姓は財の余らぬ様に、不足なき様に治むる事、道なり」

と述べている。

百姓を生存の最低限度の水準に、「死なぬように、生きぬように」しておいて、余剰価値のすべてを完全に搾《しぼ》りとってしまう幕府以下各封建領主の伝統的政策は、その典型を、家康において見得るわけだ。

こうして、秀吉時代において最大の封土をもちながら、搾取《さくしゅ》と倹約と吝嗇《りんしょく》とによって、莫大《ばくだい》な財を貯え、しかも、朝鮮への出兵をうまうまと脱れて、経済的にも最も有利な地位にあったことが、彼の覇権への途《みち》を、どれだけ容易ならしめたか分からな

い。
秀吉の甥《おい》関白秀次が、秀吉のために高野山で切腹せしめられたとき、秀次に一味したと疑われた諸大名は、大いに惶恐《こうきょう》を来たした。細川忠興はかねて、秀次から黄金二百枚を借用していたが、秀次が秀吉の不興をこうむったと聞くや、おどろいて嫌疑を避けるためただちに返却しようとしたが、どうしても都合がつかない。四苦八苦しているとき、家康が融通してくれたので、ようやく苦境を脱し得たが、その恩をいつまでも忘れず、爾来《じらい》、無二の家康党となったのだ。

表面に現われないところで、こんな事件はいくつもあったであろう。

家康は、将軍職を秀忠に譲って、駿府へ移るとき、西の丸に貯えておいた黄金三万枚、銀子一万三千貫を与えたという。さらに、元和《げんな》二（一六一六）年死んだとき、久《く》能《のう》山に貯蔵した金銀は、実に黄金九十四万両、銀四万九千五百三十貫目、銀銭五百五十万両におよんでいたという。

もちろんこうした莫大な蓄積が、農民からの搾取と倹約だけで達成されたのではない。

彼の致富の一大原因として、その巨大な歳入源であった鉱山事業を忘れてはならない。

これを家康に献言したのは、大久保長安である。長安は猿楽師であったが、その方面の知識があったので家康に金銀鉱山の採掘をすすめ、みずから金掘奉行となって、各地の鉱山を掘ってまわった。

長安の活動によって、伊豆の金銀山が開かれたばかりでなく、佐渡の金銀山、石見《いわみ》の銀山の産出額は激増し、大いに家康の懐中を暖かくした。

長安も同時に、相当私腹をこやしたらしい。死後、その罪状が摘発され、子息七人切腹を申しつけられている。

最後に、家康の富の一部に、秀吉の蓄積を横領した分があったことも疑いない。慶長十二（一六〇七）年、伏見から相当の金銀を駿府へ運んでいるし、大坂落城後、金二万八千六十枚、銀二万四千枚、金銀千枚吹分銅などを手に入れている。

四

徳川幕府といえば、ただちに鎖国を連想するが、鎖国が実施されたのは、家光将軍の寛永十一（一六三四）年五月、「異国へ奉書船の外、舟遣わし候儀、堅く停止の事」という訓令が下されて以後のことである。

その以前においても、家康の死後、対外交通は逐次狭小となってきていた。しかし、少なくも家康在世中は、むしろ活発な対外活動が行なわれていたと言ってよい。

その活発な活動の中心が、駿府の大御所家康であったことは、当時の外国使節の持参する書面がことごとく家康宛《あて》であり、彼らが家康を指して皇帝と言い、江戸の秀忠を指して皇太子と言っていたことでも分かる。彼らに対する日本側の公式の国書も、すべて日本国王源家康の名において出されている。

秀吉は、武力による侵略的開国政策をとったが、家康は通商による平和的開国政策をとった。この点では、家康の見識は、はるかに秀吉の上にあったといってよい。

家康は、当時の世界各国がことごとく遠洋航海に乗り出し、通商の利を求めている趨勢《すうせい》をよく知っていた。しかも、その通商によって、利益を得ること多きを知っていた。

外来の商品、絹、緞子《どんす》、黒琥珀織《こはくおり》、象牙《ぞうげ》、鉛などは大いに需要されたし、時計、短銃、ナイフ、鉛筆、遠目鏡などは、大いに珍重された。さらに大砲、火薬等の軍需品が要求されたことはもちろんだし、造船の技術、鉱山技師等も要求されていたのである。

彼は、秀吉の死後、まず朝鮮との国交を回復しようとして、対馬《つしま》の宗義智《そうよしとも》に、和親の申し入れをせしめた。

しかし、秀吉の暴挙が終わって間もないときであり、交渉は相当困難を極めたが、再征の威嚇《いかく》によって、慶長十（一六〇五）年二月まず朝鮮使者松雲が来朝し、十四（一六〇九）年、ようやく己酉《きゆう》条約が締結され、二十年ぶりに旧交が回復した。

家康はさらに、朝鮮を介して明国と通商の途を開こうとしたが、朝鮮がこれに応じないので、商船に託して福建総督に書を与えたり、島津氏の征服した琉球《りゅうきゅう》王を仲介として国交を開こうと努力した。先方からの回答はなく、正式の交通は開けなかったが、南京、福建などの商船の長崎に来るものは、逐年増加していった。

家康の対外方策を見るに当たって忘るべからざるものは、英人ウィリアム・アダムスである。

彼は慶長五（一六〇〇）年、豊後に漂着したオランダ商船リーフデ号の航海長であるが、家康のために好遇され、ヤン・ヨーステンと共に、江戸に留まることになった。アダムス（三浦按針《あんじん》）の邸地が後の日本橋安針町、ヤン・ヨーステンの邸地が八重洲河岸の名称の起こりだという。

按針は家康の命によって、八〇トンおよび一二〇トンの欧式船舶を造ったのみならず、家康に対する西欧文明知識の解説者となり、外来人のための通事役、斡旋《あっせん》役となって、少なからぬ力を尽くしたのである。

たまたま、呂宋《ルソン》太守ドン・ロドリゴの船が、任満ちて本国ノビスパンヤ（新スペインすなわちメキシコ）へ帰る途中、房総近海で難破し、ロドリゴが上総に漂着したので、アダムスが間に立って家康と会見させた。

家康は、鉱山技師を送ってくれるように望み、ロドリゴはゼスイット教会の活動是認とオランダ船の放逐を要求した。

ロドリゴは、アダムスが建造した一二〇トンの船に乗って帰国したが、折り返しスペインからは、セバスチャン・ヴィスカイノーが来朝した。慶長十七（一六一二）年六月である。

しかし、その返書が家康の望むものとまったく違っていたし、オランダ人の中傷もあって、ヴィスカイノーは冷遇され、後に伊達政宗の使者支倉《はせくら》六右衛門の船に便乗して帰国した。

オランダ船が平戸に着し、国書を駿府の家康に捧呈したのは、慶長十四（一六〇九）年七月で、家康は四人の船主に朱印状を与えた。三百年以上におよぶ日蘭《にちらん》通商は、このときに始まる。

スペイン人およびポルトガル人は、オランダ人の排斥に躍起となったが、家康は賢明にも、これを聞き入れなかった。平戸に、オランダ商館が開設され、幕府、大名、商人らと直接の取り引きが行なわれた。

それから半歳《はんとし》たたぬうちに、英国船グローブ号が、平戸に入港した。アダムスは平戸にもおもむいて、グローブ号の司令セーリスに会見し、これと共に駿府に来たり、家康に英国ゼームス一世の国書を呈出させた。

家康は、取り引きの自由を許し、江戸に屋敷を与えること、日本のいずれの港へも入港して差し支えないことなど、極めて寛大な特許状を与えている。

そこで、平戸に英国商館がおかれることになり、リチールド・コックスが館長になり、アダムスもここに勤務することとなった。

次に最も古くから我が国と通商関係にあったポルトガルをみると、慶長十四（一六〇九）年二月、媽港《マカオ》で、有馬晴信の派遣した船の乗組員と、ポルトガル人とが喧嘩《けんか》し、我が方の五人が殺され、貨物いっさいが掠奪《りゃくだつ》されるという事件が起こった。

有馬晴信は、復仇《ふっきゅう》のため、同年十月長崎に入港したポルトガル船を襲い、その船を沈没せしめ、乗組員二百人余を死亡せしめ、浮荷のいっさいを奪った。

翌年ポルトガルの使節が来たり、ポルトガル船撃沈の理由を質《ただ》し、長崎奉行の免職と賠償を要求した。家康はそれを一蹴《いっしゅう》したが、貿易の再開は、これを容認した。

家康は、このように広く外国人の来航と自由な通商とを認め、これを奨励したが、切支丹《キリシタン》禁圧についてだけは、秀吉の晩年の政策を踏襲した。

それが、天下の治安を守る所以《ゆえん》だと信じたからである。

もっとも、その治世のはじめには、秀吉の出した禁教令を存続せしめながら、それほど厳しくは励行しなかった。外国貿易を望む以上、ある程度やむを得ぬ付属物だと考えていたらしい。

各大名の中にも、たとえば加藤清正のごとく、徹底的にキリシタンを迫害したものもあったが、逆にこれを保護する大名も少なくなかったのである。

家康のキリシタン政策が急変したのは、慶長十六（一六一一）年、肥後国《ひごのくに》の僧某が駿府にいたってキリシタンを誹謗《ひぼう》し、

「かの南蛮国王は、通商に名を借りて、我が国人を邪宗門に引き入れようとし、年々、バテレンやイルマンから報告を徴し、今年は何千何百人を信者にしたからと言えば、その人数に応じて褒美《ほうび》を与える仕組にしております。彼らははじめのうちはわずかな土地を借り、寺院を建て、段々にキリシタンの法をすすめ、愚民共を一味に引き入れ、ついに国を奪いとるのです」

と告げたので、家康が大いに心を動かしたためだというが、スペイン国王の野心に

ついては、英人やオランダ人もしばしば述べて、

「スペインは多欲にて、随所に征服を企図している、宣教師のごときはその手先であり、間諜《かんちょう》である」

とまで言っているのである。

急に弾圧をきびしくしたのは、キリシタンが大坂と通謀しているという噂《うわさ》があったためであろう。

慶長十七（一六一二）年三月、家康は板倉勝重に命じて京都におけるキリシタンの寺院を破壊せしめ、旗本の信徒を処罰したが、慶長十八（一六一三）年十二月大久保忠隣《ただちか》を上京せしめて、大々的に近畿の信徒を処罰せしめたのみならず、金地院崇伝《こんちいんすうでん》に起草せしめた禁教の檄文《げきぶん》を、将軍の名において天下に公布した。

十二　狸親爺《たぬきおやじ》家康

一

家康と言えば、狸親爺《たぬきおやじ》と言うことに相場が決まっている。二百七十余年にわたって、徳川の天下が続き、家康は神格化されて、その間いっさいの悪口はもちろん、批判さえ封殺されていた。狸親爺が家康の別名のごとくになったのはもちろん、明治以後であり、徳川氏の威信を墜《お》とそうとする新政府の意図も、多分に力あったものと言ってよい。

しかし、それが極めて自然に国民の間に受け入れられたのは、何と言っても、家康が、秀吉の遺言を無視し、その遺児秀頼を大坂城に攻め殺したという一事のためである。

義経を殺した頼朝が、遂に大衆的人気を獲得し得ないごとく、秀頼を殺した家康は、明治以降、はなはだ不人気な英雄となった。彼とても若々しい少年、青年のときがあったのは当然であるにもかかわらず、常に狸という形容詞のついた憎たらしい親爺としてのイメージをもって、庶民の脳裏に想い浮かべられるようになった。

この大衆的判定は、まったく不当である。

家康は決して狸親爺ではない。少なくも狸親爺の名を彼に独占させるのは、妥当ではない。

狸親爺の語は、老獪《ろうかい》、陰険、邪悪、冷酷なる策謀家を意味するものであろう。もちろん、家康にもこれらの要素は充分にあった。しかしそれは、戦国武将のすべてが、皆ある程度において保有していた性格である。否、多少ともこうした性格をもっていなければ、苛酷な乱世を乗りきることはできなかったのだ。

その意味においては、北条早雲《そううん》も、斎藤道三《どうさん》も、武田信玄も、毛利元就《もとなり》も、狸親爺である。豊臣秀吉も然り、黒田孝高も、伊達政宗も然り、直江兼続《かねつぐ》も石田三成も、ことごとく然りだ。

しかも、大衆の人情的批判の主眼点である大坂の陣の経緯を詳細に見れば、家康は狸親爺どころか、はがゆいくらいの温情主義者である。

少なくも頼朝の義経に対した態度よりは、はるかに多くの必要以上の恩情をもって秀頼に対している。

大坂城は亡びるべくして亡び、秀頼は死すべくして死んだのであって、いわば自業自得であろう。

家康が旧主の遺児を攻め殺して、その天下を奪ったなどという考えは、児戯に類する。天下は、実力ある者の手に帰するのが、戦国における常道なのである。

秀吉自身、旧主信長の天下を奪った。信長の次子信雄と戦ってこれを己れの膝下《しっか》に膝《ひざ》まずかせ、後その所領を奪って流罪に処した。

信長の第三子信孝を攻めて、これを自殺せしめた。一たびは、信長の後継者としてみずから推した信長の嫡孫秀信（三法師）は、岐阜の一城主に封じた。

信長の妹お市の方の女茶々《ちゃちゃ》（淀殿《よどどの》）を妾としたのみならず、その第五女（松の丸殿）をも妾とし、さらに信長の弟信包《のぶかね》の女（姫路殿）をも妾とした。

かつて己れが草履取りまでした旧主の一族に対して、秀吉はかくのごとき無惨冷酷な処置を、平然として行なっているが、大衆はこれに対してほとんど何の非難も加えていない。そのくせ、家康の秀頼に対する処置を酷烈に批判する。

家康は、もともと秀吉の家来ではない。秀吉の主君信長の客将であり、身分的には秀吉よりもはるかに先輩であり、一たびは、秀吉と天下を争った男である。

時に利あらず、これに屈したとは言え、時節来たったとき、豊臣家を打倒して天下の権を握ろうとするのは、彼にその実力がある限り、当然すぎるくらい当然である。

そして、彼は、それだけの実力を有した。

あえて関ガ原の役を待たず、秀吉の死後、すでに家康は、実力的にその後継者であった。

関ガ原の役は、名実ともに彼を天下人《てんかびと》とした。慶長八（一六〇三）年三月、彼が征夷大将軍に任ぜられたとき、秀頼が天下人となるべき望みは、まったくなくなったことは明白であった。さらに慶長十（一六〇五）年四月、家康が将軍職をその子秀忠に譲ったことは、天下の政権を己れの子孫に伝えるべきことを、このうえもなく明白に天下に表明したものである。

秀頼とその一党が、秀吉の遺命を頼りに、将来、政権を自分の手に還《かえ》してもらえるかも知れぬと夢想していたとすれば、度し難い愚劣さと言わねばならない。

秀頼として採るべき道はただ一つだ。かつて織田秀信が秀吉の下に、一城主としての地位に甘んじたごとく、徳川家の下に一城主として生きることである。

これが最も自然の成り行きであり、家康は秘《ひそ》かに、これを望んだであろう。ただ、秀信と違って、秀頼には無類の要害大坂城と、豊富なる財力と、秀吉恩顧の有力な大名の後楯《うしろだて》とがあるため、その経路は秀信の場合のようにスムーズにはゆかぬと考えたに違いない。

この経路を、無事に進行せしめるために、家康は非常な忍耐と努力とをした。秀吉は、信長の死後三、四年の間に信孝を殺し、信雄を臣従させた。家康がいよいよ万策つきて秀頼を亡ぼすべく決意したのは、秀吉の死後実に十八年の後のことである。

その間、秀吉の生前の約束を守って、自分の孫千姫を秀頼に嫁せしめた。秀頼一党が賢明ならば、将軍の婿として、六十五万石の大名としての地位に満足すべきであったろう。

関白の遺児という虚名にいっさいの夢を託して最後まで現実の天下の勢いを悟ることができなかったのは、秀頼と淀君の浅はかさと、彼らをめぐる側近の救い難い魯鈍《ろどん》のためである。

秀頼自身も、大した人物ではなかったであろう。さんざん甘やかされて育った凡庸、無気力の男であったことは、大坂の陣のときの彼の態度で充分に知られる。

大坂の陣のとき、彼は数え年二十三歳で死んだ。信長が父の死によって難局を背負って立ったのは十六歳のときだ、家康は十九歳のとき、岡崎城主として、彼の困難を極めた生涯の出発を開始した。二十三歳は、決して人生の道を選ぶに若過ぎる齢ではない。もし、彼が賢明でさえあるならば。

豊臣氏の天下が家康によって継承されたのは、勢いのおもむくところ当然の道であった。家康は、この当然の経路を最も摩擦少なく行なうため、充分に秀頼を待遇し、平和の中に穏やかに自分の傘下に列せしめようとして、いっさいの努力をした。

そのすべてが、無駄であると知り、しかも自分の生命の残りがいくらもないと感じたとき、彼はまったくやむを得ず、秀頼を亡ぼすべく老軀《ろうく》をひっさげて立ったのである。

そして、その長い躊躇《ちゅうちょ》のためにかえって不当にも、狸親爺の名を永久に受けることになったのである。

二

関ガ原の役直後、その戦勝の余威を駆って、大坂城に対して、断乎《だんこ》たる処置を講ずることは、必ずしも不可能ではなかった。

秀吉恩顧の諸大名でさえ、このとき、浅野長政を通じて、

「この際、秀頼様を他所に移し、内府公みずから大坂城に入って政《まつりごと》をとられては」

と申し入れたのである。

これに対して家康は、自分は秀頼に孫娘を娶《めと》わし、その後見となるつもりだと答えたので、

「太閤《たいこう》取立ての大名衆これを承り、感涙を流し、この上は、内府公を故太閤御同然に存じ奉るべき旨申し上げ、限りなく悦《よろこ》び申され候」（『戸田左門覚書』）

とある。

家康は、大坂処断の第一のチャンスを看過した。

しかし、既定の事実となっていた天下制覇のことは、容赦なく実行した。

関ガ原の役の賞罰を、己れの欲するままに断行し、何人もこれに異議を挟み得なかった。

三年後、彼は征夷大将軍となり、さらに慶長十（一六〇五）年その地位を、秀忠に譲った。このとき、家康は、わずか十三歳の秀頼を右大臣に奏請し、自分に会うため上洛《じょうらく》するようながした。

大坂方は、秀忠の将軍職継承をもって、家康が政権を永久に豊臣氏から奪ったもの

と怒り、かつ主筋である秀頼に上洛をうながすごときは、非礼もはなはだしいとして、淀殿は、

「どうしても、上洛せよと言うならば、秀頼を自害せしめ、妾《わらわ》も自害しまする」

と、駄々をこね、遂に上洛しなかった。

このとき、家康が断乎たる態度に出たならば、豊臣の社稷《しゃしょく》は危かったであろう。

大坂の町人の間では、戦争が起こるのではないかとかなりの不安が見られたという。

しかし、家康はこの第二の機会をも看過した。否、将軍の代理として、忠輝を大坂へ遣わして、秀頼に挨拶《あいさつ》せしめさえした。

家康は、あくまで穏便主義をとり、大坂方が勢いのおもむくところやむを得ぬと悟るのを待ったのである。

彼は、一時大坂を抛置《ほうち》して、専《もっぱ》ら幕藩体制の整備に全力を尽くした。

慶長十六（一六一一）年三月、家康は久しぶりに上洛し、二条城に入った。大坂に向かって、

「秀頼殿に、しばらくお目にかからぬ。御上洛ありたい」

と、申し入れた。

このときも、大坂方では、淀殿を中心に秀頼の上洛に極力反対した。

依然として主筋たる秀頼の方から出向くべきではないという感情論と、もしかしたら秀頼の生命を奪われるのではないかという危惧《きぐ》からである。

しかし、加藤清正、浅野幸長《よしなが》、片桐且元《かつもと》らが、口を極めて淀殿を説得した結果、遂に秀頼が上洛して、有名な二条城の会見となったのである。

清正と幸長とが、秀頼の乗り物の両脇《わき》に、徒歩でつき従い「秀頼公の袖《そで》へあたり候ほど近く寄り候て」守護したと言う。

また、会見の後、清正が宿所に帰ってから、肌に隠していた短刀を出し、はらはらと涙を流して、

「今日、いささか故太閤の御恩に酬《むく》いることができた。もし二条城で万一のことがあったならば、この懐剣をもって、秀頼公をお護りするつもりだったが」

と述懐したという。

家康は、秀頼を二条城におびき出して殺すような小人ではない。無用の心配であっただろう。ただし、

「内々大御所思召候は、この度秀頼違背《いはい》申し候はば、よき序《ついで》にて候間、御誅伐《ちゅうばつ》あるべきとの御内意の処」(『大坂陣覚書』)

と言うのは、事実かも知れぬ。

第一、第二のチャンスを看過した家康は、江戸幕府の基礎のまったく固まったのを見て、秀頼の臣従の証拠を天下に明示しようとしたのだ。

先に秀頼が上洛を拒んだときに、これに対する処分をしなかった家康も、今度は秀頼が上洛をあくまで拒むならば、断乎たる処置をとるつもりでいたに違いない。

彼は、平和な屈服を期待してはいたが、その期待が破れたならば、この第三の機会は充分に利用するつもりだったろう。

秀頼は上洛した。

家康は、これで大坂方も、いよいよ、時勢の推移を理解するものと考えた。

かつて家康は多くの駆け引きの後、上洛して秀吉に謁《えっ》した。しかし、一度そうすると、その後は、過去の行き掛りのいっさいを棄《す》てて、完全に秀吉の意の下に服従した。

秀頼も、当然そうすべきだったのだ。家康はそれを期待した。

しかるに、大坂方は、この後も依然、家康に臣従する態度を明らかにせず、特別扱いの存在として、完璧《かんぺき》な幕藩体制の一異分子的存在としての自己を主張しつづけた。

家康は、最後の手段をとるべく決意せざるを得なくなった。

すでに七十を超えて、いつ死ぬか分からぬ。

眼の黒いうちに、この異分子を消しておくことを考えるのは、当然である。

かくて大坂の役は起こった。

この場合、一般には、方広寺大仏殿の鐘銘問題から東西の空気が険悪になり、片桐且元が家康の意を察して(『秀忠日記増補』)、

一、秀頼が大坂を退去して、他所へ移るか、

二、淀殿人質として江戸に下降するか、

三、秀頼みずから江戸に下って和を乞うか、

三案を出し、これが大坂方の憤激をかって、挙兵になったと言われている。且元の方から言い出したか、家康の方から示唆したか、どちらでもよい。問題は、秀頼が徳川家に臣従する一大名としての実を示すことを、家康が要求していたことである。

従って、鐘銘問題の結果として、この要求が出されたように見えるが、事実は、家康にとって、こうした要求が自分の生存期間と睨《にら》み合わせて、緊急のものとなったため、鐘銘問題が惹《ひ》き起こされたものだと言った方が正しい。

家康は、秀頼に平和裏に臣従するための最後の機会を与えるため、鐘銘問題を意識的に起こしたのであって、秀頼を亡ぼすためではない。

大坂方が、この最後の説得でさえ拒絶したから、秀頼を亡ぼすべく決意したのであ

る。このときでも、秀頼が臣従の実を示せば、決して彼を殺しはしなかったであろう。

三

京都東山の方広寺は、天正十四（一五八六）年秀吉が建立したものであるが、慶長元（一五九六）年七月の大地震に破壊された。

その再建は、慶長七（一六〇二）年に一度計画されたが、工事半ばで火災を起こして中絶した。

再び工事の着手されたのは、慶長十五（一六一〇）年六月で、同十七（一六一二）年春、落成した。

慶長十九（一六一四）年四月にいたって、そこに釣るべき巨鐘の鋳造が行なわれ、南禅寺の僧清韓《せいかん》がその銘を選ぶことを命ぜられた。

同年八月三日、本尊の開眼《かいげん》、十八日堂供養と決定された。

ところが、その前月二十一日、突然、家康の方から鐘銘中に不吉の語があると、故障を申し入れてきたのである。

国家安康、君臣豊楽と言う文句が、家康の諱《いみな》を両断する不敬を犯かし、豊臣を君として楽しむの下心を表わしていると言うのだ。

もちろん、こじつけの横槍《よこやり》である。

問題は何でもよかったのだ。秀頼に改めて臣従を要求する口実でさえあればよい。

大坂方からは、急遽《きゅうきょ》、弁明のために片桐且元を駿府に派遣したが、家康はこれを引見せず峻烈《しゅんれつ》な態度をとった。

一方、淀殿の下した大蔵卿《おおくらきょう》の局《つぼね》と正永尼《しょうえいに》とにはただちに面会し、

「秀頼は、将軍家（秀忠）の婿であるし、自分の孫のようなもの。常々、成人の期を楽しみにいたしておる。秀頼はもちろん、母堂（淀殿）も将軍家簾中《れんちゅう》の姉であるし、異心のあるはずはあるまい。ただ側近に佞臣《ねいしん》がおって浪人共を集めているとか、そんなものを追い払って真実の心を示して、将軍家と父子の親しみを厚くすることじゃな」

と、優しく言いきかせた。

且元の復命と、大蔵卿の復命とが、まるで違ったことから、且元は大坂城中で裏切り者と見られ、一身の危険を感じたので、大坂城を退いて、領国茨木《いばらき》へ還った。

片桐且元は、五万二千石の小大名ながら、賤《しず》ガ岳《たけ》以来の功臣であり、当時、大坂城において最も重んぜられていた。それだけに、これを嫉妬《しっと》する者も多く、淀殿の信任

ある大野治長《おおのはるなが》はその筆頭であった。

且元が、果たして豊臣家最後の、誤解された哀しき忠臣であったか、家康に買収された裏切り者であったか、真実のところは分からない。ただ、大坂城を退去した後、東軍に加わって城を攻め、落城のときはみずから城内に乗り込んで、秀頼の隠れていそうな場所を案内して歩いたという一事だけは、いかに弁解しても許されぬところであろう。

ともあれ、且元の退去に伴い、形勢は急転し、大坂城内には、家康に臣従する不面目を忍ぶよりはむしろ戦うべしとする勢いが盛んになった。

かくて淀殿を中心とする一党は、太閤恩顧の諸大名の来援という驚くべき空想的希望を、唯一の頼りとして、旗を挙げたのである。

だが、憐《あわ》れむべし、このときすでに太閤の旧恩などを考慮するお人好しの大名は唯一人もいなかったのだ。

浅野長政は、慶長十六（一六一一）年四月、六十五歳で、堀尾吉晴は同年六月、六十九歳で、加藤清正は、同月、五十歳で没していた。池田輝政は、慶長十八（一六一三）年一月、五十歳で、浅野幸長は同年八月、三十八歳で、前田利長は、慶長十九（一六一四）年五月、五十三歳で逝いた。

これらの諸将がこのとき生きていたとしても、大坂方に味方して家康と闘ったとは思われない。

おそらく、逆に秀頼に迫って、家康に臣従せしめることによって、豊臣の家名を残すことを考えるか、家康側に立って戦いながら、秀頼の命乞いをするくらいが、精一杯のことであったろう。

生き残った唯一の秀頼同情者と思われる福島正則が、このとき、大坂城の秀頼と淀殿とに送った書なるものを一読すれば、思い半ばに過ぎるものがあろう。曰《いわ》く、

「今度、大仏出入の儀に付、両御所に対し斯《かく》の如き企て、天魔の所行か。早速その心を改められ、母儀（淀殿）お詫言《わびごと》のため、江戸駿府在国に於ては、秀頼御長久の御運たるべし――中略――野心を改められざるに於ては、正則始め天下の諸軍勢、大坂に馳せ向ひ、これを攻め落すは必定なり。右の旨思慮を加へられ、長久と自滅と、何れか思召さるべきや」

秀吉の殊遇を受くること最も厚き福島正則でさえ、この意見なのだ。

まして、その他の諸大名が、大坂のために何をしてくれよう。

大坂から発した援助依頼状に対して、島津家久は、次のごとく答えた。

「関ガ原の役に当たって、老父義弘は太閤の恩義を思い粉骨しましたが、合戦に敗れ

ました。あのときの働きで太閤に対する奉公の義理は果たしたと存じます。家康公は、その遺恨を捨てて、我らの本領を安堵《あんど》され、その後も、種々の高恩を受けて参りました。今さら、大御所に叛《そむ》くことなどできませぬ。従って、折角お送り下さった正宗銘の脇指は御返しいたします」

蜂須賀家政も、鍋島《なべしま》直茂も、小出《こいで》吉英も、秀頼の依頼を拒絶した。

浅野長晟《ながあきら》は、秀頼の使者を斬り、前田利常は、使者を搦《から》めて江戸に送った。

大坂方の勧誘に応じたものは、現役の大名中には一人もなく、わずかに関ガ原の役において国を失った浪人大名と、無数の浪人共があったに過ぎない。

その主なものは、次のごとくだ。

真田左衛門《さえもんのすけ》佐幸村、長宗我部宮内少輔盛親《くないしょうゆうもりちか》、仙石豊前守宗也、明石掃部助《かもんのすけ》守重、毛利豊前《ぶぜんのかみ》守勝永、織田左門頼長、石川玄蕃《げんば》之長、後藤又兵衛基次、塙《ばん》団右衛門、三宿越前。

この他、大坂城本来の籠城者《ろうじょうしゃ》としては、大野修理《しゅり》、主馬《しゅめ》兄弟、南条中書《ちゅうしょ》、木村長門、石川伊豆、薄田《すすきだ》隼人《はやと》、渡辺内蔵助《くらのすけ》、速水《はやみ》甲斐等があった。

総勢十二三万と号したが、実数は十万を欠けていたであろう。

四

大坂の状況は、間者網によって、逐一、家康の許に知らされている。

幾度かの機会を見逃していた家康も、今度だけは、決然と、かつ迅速《じんそく》に行動した。

家康は、いつも戦場に帯びていった太刀を持ってこさせ、

「わしも年をとったので、このまま畳の上で死ぬのかと無念に思うていたが、秀頼逆心とあれば、将軍（秀忠）ともども大坂表へ出陣し、秀頼を討ち果たすこと、武将として本懐のいたりじゃ」

と言い、がばと太刀を引きぬき、床へ飛び上がって、勇み立ったと伝えられている。

ただちに大坂征討の命を下し、万端の準備をととのえて、駿府を発したのが、慶長十九（一六一四）年十月十一日である。二十三日に京に入った。同日、秀忠江戸を発し、翌月十一日京に入って家康に謁した。

十一月十五日、家康は二条城を発し、十八日天王寺にいたり、先着していた秀忠を供に茶臼山《ちゃうすやま》に上って軍議をこらした。

大坂城を攻囲する東軍は、伊達、上杉、前田、佐竹、藤堂、毛利、福島、島津、浅

野、山内、鍋島、池田、九鬼、堀尾、秋田、南部の外様大名と、井伊、酒井、本多、榊原、鳥居、高力、安藤らの譜代、および秀忠直属の旗本で、全日本の兵力の精髄を集めていたのである。総兵力は不明だが、十八万と言い二十万とも言う。

大坂方は、天下の兵を引き受けて戦うに当たって、どんな策戦をめぐらせたか、その評定の模様は、的確には知るべくもないが、伝えられるところによれば、はじめは籠城《ろうじょう》説よりも、進攻説の方が強かったらしい。

真田幸村が、まず、

「家康の大軍が、宇治勢多を越えたならば、味方は敵に気を呑まれて、苦戦に陥るは必定、よろしく機先を制して、東軍が京に入らぬ前に、秀頼公みずから旗を天王寺に建て、兵を山崎に出し、私と毛利勝永とを先鋒に充て、長宗我部盛親と後藤基次とをして大和路を攻め、伏見城を陥れ、火を京都に放ち、宇治勢多に拠《よ》らしむるがよろしかろう。東軍をここに防止して、畿内中国西国に号令すれば、首鼠両端《しゅそりょうたん》の大小名、お味方に来たり属するもの必ず相次ぐべし、東軍長途に疲れた身で、寒気を冒して川を渉るとき、これを猛撃すれば大いに利あらん、万一敗れたならば、そのときこそ籠城の策に出ても遅くはあるまい」

と論ずれば、後藤基次も、

「今度の合戦、尋常な手段では到底、合戦の勝利覚束《おぼつか》なし。願わくは真田殿と某《それがし》とに、兵二万を差し添えられよ。宇治勢多に馳せ向かって石部の宿よりこなたの在家を焼き払い、川を控えて東軍を待とう。同時に、大野、木村は京を押さえ、大和国を長宗我部、明石らが固め、城中には遊軍を置いて、随時に赴援せしめることにされては如何《いかが》」

と、唱えた。

しかし、大坂の堅塁を恃《たの》むこと深く、兵の損傷を怖れる淀殿側近の籠城説の方が、同調者多く、遂にこれに決した。

寄せ手の先鋒と、城兵との小競合いは別として、いちじるしい戦闘は、今福、鴫野《しぎの》方面において火蓋《ひぶた》を切った。

鴫野と今福とは、城の東北に接し、大和川を挟む地点で、その左右は水田である。

城方は、今福の堤に柵《さく》を四重に設け、大野治長の部将矢野正倫《まさとも》、飯田家貞おのおの三百人をもって守り、銃隊をもってこれを援護せしめた。鴫野堤にも柵三重を設け、銃隊長井上頼次および大野治長の部下山本公雄ら二千余名交代でこれを守った。

これに向かった東軍は、上杉景勝の率いる五千と、佐竹義宣《よしのぶ》の率いる一千五百とである。

十一月二十六日早朝、佐竹隊の渋江政光、銃隊と槍隊を率いて今福堤の第一柵を攻撃した。矢野奮戦して敗死し、城方は第四柵に退いたので、佐竹義宣はこれに迫った。

一方、鴫野にても、上杉の兵は猛撃して柵を破り、井上頼次はじめ城兵の首百余級を得た。景勝は旗を堤上に立て、銃士を堤下に配置して城方を圧倒した。

今福の柵破れたりとの報せが城中に届くと、木村長門守《ながとのかみ》重成は馬に乗り、己れの陣舎の前を走り抜けつつ、

「組衆、ことごとく今福へおもむけ！」

と呼ばわり、今福堤に馳せつけた。

佐竹の先手、城方の援軍来るとみて、柵を棄てて少し退却し、備えを固める。

折から、天守閣から戦況を眺めた後藤又兵衛基次が馳せつけて長門守に加わった。

対岸の上杉勢は、佐竹勢を援助するため、しきりに銃を打ちかけたが、茜《あかね》の母衣《ほろ》紙の馬印に黒半月指して下知する後藤又兵衛をみて、

「あれは大将分ぞ、討ち取れ」

と、銃丸を集中した。

その中の一丸が左の脇腹を掠《かす》め、鮮血が迸《ほとばし》ったが、又兵衛少しも騒がず、疵《きず》をさぐり、

「浅傷じゃ、秀頼公御運強し」

と言ったので、人々いずれも、

「又兵衛は、己れ一人で大坂城と秀頼公を背負っているつもりか」

と、その心臓の強さに呆《あき》れたと言う。

折しも、長門守の鉄砲組が、佐竹勢に猛射を浴びせたうえ、槍組がいっせいに突入したので、佐竹勢どっと崩れ立つ。長門守と又兵衛はすかさずつけ入って、奪われた第一柵を奪還した。時に午後三時頃。

城方は勝ちに乗じて次の柵をも押し破り、佐竹勢と奥の柵を隔てて睨み合いの状態となった。彼我《ひが》の間隔、わずか六七間だが、

「足軽は皆逃げ散りて、弓鉄砲一挺《いっちょう》もなし、両陣共に鉄砲だにあらば打ちかけ、その勢いに槍を入れんとすれ共、佐竹方にも大坂方にも、足軽は一人も続かず」

という状態である。

たまたま、井上忠兵衛なるものが、十匁《もんめ》の種子島《たねがしま》を持ってきて、柵の横木に筒をもたせ、佐竹方の大将分らしいのを狙ってその胸板を打ち貫いた。これが、佐竹の家老渋井内膳《ないぜん》だったので、佐竹方大いに乱れるところを、大坂勢突入して散々に打ち破る。

後陣に旗本五六十騎と共に控えていた佐竹義宣は唯一騎、逃げ来る先手の中に馬を

乗り入れて、

「義宣これにあり、返せ、戻せ」

と采配を振ったが、唯一人引き返すものもない。慌てて川向こうの鳴野にいる上杉景勝の陣に加勢を乞うた。

上杉方では杉原常陸介《ひたちのすけ》以下七百名、大坂方の横合に突き入ろうとして川を渉りかけたが、水が深くて渉ることができぬ。川の中洲《なかす》のところから、堤の上を進む大坂兵に向かって、雨のごとく銃丸を注ぎかけた。大坂方の死傷数知れず。

長門守も又兵衛も、ここにおいて、やむなく兵を退いて城中に引き揚げた。

一方、鴫野口には、城方から七手組、大野修理、渡辺内蔵助以下一万二千の大軍が進出し、一時は上杉勢を追い崩して突出したが、鉄砲隊の猛撃に遭って退却した。

上杉兵は、追い討ちをかけて大坂方を散々に悩まし、大和川の外堤まで追い落とした。このときの射撃の音が余りに激しかったので、家康は定めし味方の死傷が多いだろうと思い、堀尾忠晴を送って景勝に交代を命じたが、景勝大いに怒り、

「たとえ上意にても退き取ること成らず、弓矢の家に生まれ先陣を承り、骨をくだきて戦う場を、他人に渡すこと思いもよらず」

とはねつけた。

冬の陣にはこの他、池田利隆らの中島攻略、蜂須賀至鎮《よししげ》の福島砦奪取、九鬼守隆・向井忠勝の水軍の活動などあるが、激戦と認むべきものは、今福、鴫野のそれくらいである。

家康は、堅城容易に抜くべからざるを察し、ひとまず講和を成立せしめて、城の防備を骨抜きにすることを考え、しきりに謀略の手をさしのべた。

城中にあって、家康に呼応して、最も熱心に講和を斡旋したのは、淀殿の叔父に当たる織田有楽《うらく》である。

しかし、秀頼以下、容易にこれに応じない。家康方の条件が、淀殿を人質として江戸に下すか、大坂城の濠を埋めてまったくの平城とするか、と言うものだったからだ。

家康は、講和の手をさしのべる一方、包囲をますますきびしくし、毎夜いっせい吶《とっ》喊《かん》を試みさせ、城中に大小砲を連発し、地下道を穿《うが》って城を脅かそうとし、惣堀《そうぼり》の際までひしひしと攻め寄せた。

十二月十六日から十八日にいたる砲撃は、最も物凄く、ことに玉造口から大筒をもって千畳敷を目当てに射った玉が、淀殿屋形の三の間に落ち、茶箪笥《ちゃだんす》を打ち砕いたので、城内の女衆の気力急に衰え、淀殿もまた講和説に傾いた。

秀頼は反対したが、遂に説得され、十九日、遂に和談成立を見たのである。

講和の条件は、大坂城本丸を残し、二の丸、三の丸を壊平すること、織田有楽、大野治長より人質を出すこと、家康方からは、城中の各将士に対しては、何らの異議なき旨の誓紙を出すこと、などであった。

五

家康が、一挙に大坂城を攻略することなく、一度和を講じたのはなぜかということは、その後の事態の経過を見れば明白である。

俗間伝えるところによれば、秀吉が大坂城を築いたとき、徳川、前田、蒲生ら諸将に向かい、

「この新城は金城湯池じゃ、何万の大兵をもって攻めるとも容易に陥ることはあるまい、皆々、どうじゃ」

と自慢し、皆がそのとおりと頭を下げると、

「この城を攻め落とすには、二つの方法がある。一つは大軍をもって、長年月とり囲み、城中の糧食《りょうしょく》の尽きるのを待つ。他の一つは、いったん和を講じて、濠を埋め濠を毀《こぼ》ち、その上で再び攻めるのじゃ」

と、洩《も》らしたと言う。

家康が、この秀吉の言に示唆されたか、あるいはみずから戦略眼によって考えたか、いずれにしても、大坂城の武装を骨抜きにすることが、講和の目的であったことは明白である。

家康の命を受けた本多上野介《こうずけのすけ》、成瀬隼人、安藤帯刀《たてわき》らは、遮二無二城の濠を埋め、二の丸、三の丸の櫓《やぐら》や門や家屋を引きくずした。

大坂方は、

「惣堀を埋めるとの約束は、もちろん惣構《そうがま》えの堀の意味である。しかるに奉行らは総堀と解して、御堀を残らず埋めてしまったのは、不当ではないか」

と抗議を申し込んだが、後の祭りだ。一カ月と経たぬうちに、さしもの大坂城も二の丸までまったく平地になしくずされ、本丸ばかり孤立する浅ましい姿となり果てた。

家康は、慶長二十（元和元年＝一六一五）年正月三日二条城を発し、その破壊工事についての報告を受けつつ、悠々と放鷹《ほうよう》行楽しながら駿府に戻り、秀忠は、正月二十八日江戸に向かって京を発した。

和平後の大坂城は、本丸の堀一重、さながら羽の脱けた鳥のごとくになったばかりでなく、重大な困難に直面した。

それは、籠城した浪人たちの処遇方法である。勝利を得たのではないから、約束の褒賞は与えることはできないのはもちろん、そのまま扶持しておくこともできない。太閤以来、城中に貯えていた金銀をもって、しばらくはこれを養うとしても、結局どうなるか。

誰よりも、浪人たち自身が一番不安であった。今さらどこの大名も召し抱えてくれるはずはない。どうせ野垂れ死にをするものなら、もう一度、一か八か合戦をやってみろ——と、考える物騒な連中が、何万人となく大坂城下にとぐろを巻いているのだ。到底無事に収まるものではない。

しかも、ちょうどそれを見透したかのごとく、家康方から最後通牒《つうちょう》をつきつけて来た。

「秀頼が大坂に在城しているから、不穏の浪士共が集まってくるのだ。大和か伊勢かに、望みの地を与えるゆえ、移転しては如何。もし、今まで通り大坂にいたいと言うのならば、浪人共をことごとく追放してしまうがよい。このどちらも不承知と言うならば、再び城攻めに取り掛るぞ」

と言うのだ。

講和後三カ月も経たぬうちに、この難題をつきつけられた大坂方は、大いに憤慨した。

すでに大坂方では、不当に埋め立てられた堀を再び少しずつ掘りあげたり、惣構えの塀柵をつけたりしていたが、今や、騒然として、合戦の噂が流れる。

家康は、大坂の叛意歴然たりと見なし、四月六日、早くも濃美の諸大名に、伏見鳥羽に向かって進発すべきことを命じ、十日にはみずから名古屋についた。同日、秀忠も江戸を発した。

夏の陣、ここに始まる。

家康の行動が意外に迅速であったので、大坂方は充分の準備もととのわず、寄り合い世帯の悲しさには、諸将の間の軍議も一貫しないままに、この決戦に突入せざるを得なくなった。

城の防備が、半歳前とは比較にならぬ貧弱なものとなった以上、籠城はもとより不利、進攻して乾坤一擲《けんこんいってき》の勝負を試みるほかはない。

まず、紀州の浅野長晟《ながあきら》を討つべしと言うので、大野治房、同道犬《どうけん》、塙《ばん》直次らの三千が、四月二十八日、城を発して南下する。

浅野勢は、これを樫井《かしい》近辺に破って、大坂方の先鋒の将塙直次を討ち取り、大坂方はまず緒戦において敗れた。

五月五日、家康と秀忠は、河内に相会して軍議をこらし、翌六日には、片山道明寺付近において、東西両軍激突した。

道明寺は河内志紀郡にあり、大坂城の東南およそ五里、奈良より堺に通ずる街道と、紀州より山城に通ずる街道との交差するところだ。

大坂方では、大和から来攻する東軍を要撃するため、前軍に後藤又兵衛、薄田兼相《かねすけ》らの六千四百、後軍には真田幸村、毛利勝永らの一万二千を配し、平野に進出した。

東軍のここに向かったものは、第一番組水野勝成、松倉重政ら三千八百、第二番組本多忠政の五千、第三番組松平忠明の三千八百、第四番組伊達政宗、第五番組松平忠輝一万二千。

六日早暁、東西両軍は衝突し、小松山の争奪に相互死力を尽くしたが、東軍の松平忠明がこれを占領。西軍の後藤又兵衛大いに闘ったが、衆寡《しゅうか》敵せずすこぶる苦戦に陥り、遂に銃丸に胸板を貫かれたので、みずから部下に命じて首を刎《は》ねさせた。

東軍は、西軍を追ってしきりにすすみ、正午を過ぎる頃、道明寺磧《がわら》において大坂方の薄田兼相、明石全登《てるずみ》らの軍と相会し、相互一進一退、兼相は戦死した。

このとき、真田幸村の隊三千、ようやく戦場にいたり、伊達隊の片倉重綱の勢と激戦、真田一歩も退かず死闘したが、伊達の本隊が押しよせてきたので、兵を誉田《ほんだ》の西に退き、ここで東軍と対峙《たいじ》した。払暁天王寺を発しながら、霧のために時を誤まった毛利勝永の兵もようやく来会する。

東軍は、真田の鋒先を憚《はばか》って、あえて進撃してこない。

午後二時半頃、大坂城から伝令が来て、八尾、若江の敗軍を告げ、早々引き取ることを命じてきたので、四時過ぎ退却に移り、幸村は、

「関東勢百万いようとも、男は一人もおらぬわ」

と放言しつつ、悠々と引き揚げていった。

この日、八尾、若江の戦闘も激烈を極めたものである。

八尾、若江は、河内若江郡、大坂の東二里余の地にあり、長瀬、玉串《たまぐし》両川の中間にあって土地低く、泥田が多い。

木村長門守は六日午前二時、四千七百の兵を率いて大和橋を渡り、八尾に進み、長宗我部盛親も、同日午前四時、五千三百を率いて城を出て、八尾に向かった。

この方面の東軍先鋒は、藤堂高虎の五千と、井伊直孝の三千二百。

深い霧が晴れたとき、藤堂勢は長宗我部の兵が八尾の方へ進むのを発見し、玉串川の堤上に進んで銃撃し、槍を揮《ふる》って突入した。

長宗我部盛親はこれを迎撃して大いに敗り、藤堂氏勝以下騎士六十余、兵二百余を

殺した。

一方、若江に達した木村長門守は、この方面に進んできた藤堂の別動隊と戦ってこれを撃破し、藤堂良重、良勝を斃《たお》した。

時に井伊直孝の軍が、ひた押しに進んできて、ここに凄絶な白兵戦が演じられ、長門守は遂に討ち死にし、麾下《きか》の精鋭もほとんど斃れたのである。

六日の両戦闘は、大坂方に大打撃を与えた。七日早朝、大坂方は最後の決戦を試みるべく、真田幸村は茶臼山に陣し、毛利勝永は天王寺の南門に備え、岡山口には大野治房が在り、七組隊長は天王寺と外濠の間に遊軍として待機し、明石全登が、茶臼山の南を迂回する別動隊の隊長となった。

東軍天王寺口の先鋒本多忠朝は、七日正午、西軍の毛利隊四千と銃撃を交えたが、毛利勝永兵を左右に分かって挟撃し、忠朝は戦死、二番手の小笠原秀政父子も大野勢と闘うところを毛利隊に側撃されて戦死した。

真田の勢に向かったのは、松平忠直の越前兵である。一万二千の大軍をもって強襲したが、幸村これを圧倒し、家康の旗本に向かって、一文字に打ち込む。

だが、寡は衆に勝たず、越前兵猛撃して、遂に茶臼山を奪い、死闘する幸村の首を獲た。真田の従兵ことごとく主に殉じて斃れた。

最も勇敢に戦っていた毛利勢も、味方ことごとく敗れたので、城内に向かって退き、天王寺口および岡山口の東軍は相合して大坂城に迫った。

岡山口の大野治房らは、藤堂、井伊、水野、前田、鳥居らの兵と混戦状態に陥りながら、一時は秀忠の旗本までつき崩す勢いを見せたが、黒田、加藤の兵が辛うじてこれを食いとめ、西軍は遂に玉造《たまつくり》方面に敗退していったのである。

秀頼は、幸村がその子幸綱を送って出馬を懇請したにもかかわらず、容易に動かず、やっと楼門まで出て来たときには、もはや東軍ひしひしと城に迫っていた。

城内の佐々某、逆心を起こし火を放ったので、城内一円火の海となる。

秀頼は、淀殿と共に蘆田曲輪《あしだくるわ》の第三矢倉に隠れ、東軍は二の丸から本丸になだれ込んだ。井伊直孝の兵が、秀頼の匿《かく》れた矢倉を取り囲む。

秀頼、淀殿以下、大野修理、速水甲斐、真田幸綱ら、二十四五名が屠腹《とふく》し、ここに豊臣氏は、まったく亡んだ。

十三　東照大権現

一

大坂落城によって、家康は、まず成し遂ぐべきことのいっさいを成し遂げたと感じたであろう。

しかし、生命のある限り、少しも安逸を望まない家康のことである。落城の後始末をつけた後も、そのまま上方に滞在して、既記の武家諸法度、禁中並びに公家諸法度、並びに諸宗本山諸法度などを制定、公布した。

駿府に帰ったのは、元和《げんな》元（一六一五）年八月二十三日。十月十日江戸におもむき、その近辺を放鷹《ほうよう》し、十二月十六日再び駿府に戻っている。

この江戸行は、単に放鷹が目的ではなく、秀忠の後嗣として、竹千代（家光）と国千代（忠長）との間の序列を明確にしておく意図があったものだともいう。

しかし、放鷹がよほど好きであったことは事実だ。翌元和二（一六一六）年正月二十一日にも、田中に放鷹に出かけている。

そしてその夜、発病したのである。

京都から来た茶屋四郎次郎が、

「近頃京都で、珍らしい料理が流行《はや》っております、鯛《たい》を胡麻《ごま》の油で揚げて、ひるをすりかけて食べるのでございますが、比類なき風味の由」

と言ったので、さっそくこの鯛の天ぷらを作らせ、うまいうまいと、少々食い過ぎたのがいけなかったのである。

家康病臥《びょうが》と聞いて、朝廷は彼を太政大臣に昇進せしめた。

頑強な家康は、七十五歳の老齢で死病にとりつかれながら、四月十七日まで生きていた。

その間に、充分に各種の遺言を残した。

『徳川実紀』の伝えるところによれば、外様諸侯に対しては、

「自分の天寿はまさに終わろうとしているが、将軍（秀忠）が天下の政《まつりごと》を統領しているから、死後のことについては何の心配もない。ただし、将軍の政策が誤っている

ようなことがあれば、おのおのが代わって天下のことを図らうがよい。天下は一人の天下にあらず、天下の天下であるから、自分は決して恨みに思わぬ」

　と言い、秀忠に対しては、

「天下の政についていささかも道に違うことをしてはならぬ。諸国の大名共にも、将軍の政治が悪ければ、おのおの代わって政権を取るがよいと遺言しておいた。またもし諸国の大名が、将軍の命に背き、参覲《さんきん》を怠る者があったならば、一門世臣といえども、速やかに兵を発して誅戮《ちゅうりく》するがよい。また、親疎愛憎《しんそあいぞう》の念をもって政事を乱してはいけない。義直、頼宣、頼房などはまだ年が若いからかわいそうでならぬ、充分にかわいがってやってもらいたい」

　と述べ、義直、頼宣、頼房に対しては、

「将軍の命に従い、何事にも心を入れて言うことを聞くように」

　と遺言した。

　秀吉が病床において、ほとんど半狂乱の状態で、ひたすらに秀頼の将来を案じ、五大老、特に家康、利家の二人に懇願しつつ、未練がましい死を遂げたのに比べれば、正に羨望《せんぼう》すべき大往生である。

　遺体は、遺命によって、その夜久能山に移し、十九日仮殿を経営し、二十二日秀忠以下が詣でた。

九月十七日、日光山へ遷葬の儀を決し、十一月十七日神廟《しんびょう》造営の工を起こした。

そして朝廷に対して、神号勅賜《ちょくし》を奏請し、元和三（一六一七）年二月二十一日、正式に東照大権現の神号を授けられた。同年三月十五日霊柩《れいきゅう》を金輿《きんよ》に奉じて久能山を発し、日光山についたのが四月四日、遺骸《いがい》は奥院廟塔に納められた。

徳川幕府の治世を通じて、彼は最も多くの尊崇を受け、その一言一言も、まったく批判を許さぬ超人的存在とされ、人々はこれを神君と呼び、神祖とたたえ、権現様《ごげんさま》と崇《あが》めた。

三河の小倅《こせがれ》は、かくて遂に、二世紀半以上にわたって、至高の神としての存在をつづけることとなったのである。

二

家康の遺訓として伝えられるものに、次のようなものがある。

「人の一生は重荷を負ふて遠き路をゆくが如し、急ぐべからず。不自由を常とおもへば不足なし、心に望みおこらば困窮したる時を思い出すべし。堪忍は無事長久の基、いかりは敵と思へ。勝つ事ばかり知りて負くる事を知らざれば害其身に至る。おのれを責めて人をせむるな。及ばざるは過ぎたるに勝れり」

遺訓と言っても、死に臨んでのものではなく、慶長八（一六〇三）年正月十五日に記したものと言われているが、おそらく後世の偽作であろう。しかし、内容的には、この一文ほど彼のみずから処世の方針を的確に表わしているものはない。

ここに記された多くの戒めの中の、ただ一つでさえ、充分にそれを守ることは、常人にとっては、相当な困難である。しかるに、家康は、これらのすべてをほとんど完全に近いまでに守ったと言ってよい。

彼の性格の特色として、誰もが掲げるところの、堅実、律義、重厚、質素、倹約、努力、忍耐、克己《こっき》、等は、どの一つをとってみても、大事業をなすに必要な要素である。

しかし同時に、決してそれ自体、快適明朗な感じを与えるものではない。これらの特性を一身に体現していたと思われる家康という人物が、一般に、闊達《かったつ》、明朗、快適、豪壮と言った英雄的印象を与えないのは当然である。むしろ、一見したところ、努力以外これらの要素の大部分を欠如していたように思われる信長や秀吉の方が、庶民的人気をもつ豪放な英雄の相貌《そうぼう》をもって浮かび上がるのだ。

英雄に、庶民的人気を博する明朗型と、人気の出ない陰気型とを分かつとすれば、秀吉は前者の典型であり、家康は後者の最たるものである。

家康と同じ型の英雄を求めれば、源頼朝があり、北条早雲があり、毛利元就がある。

彼自身、頼朝に私淑していることは、明白であった。

家康が伽《とぎ》の者を集めて話をしているとき、彼らが例の判官《ほうがん》びいきから、頼朝のことをくさすと、家康は、

「お前たちの考えは、世間で言う判官贔屓《びいき》と言うもので、乳母やかか共が寄り合って茶飲み話をするときの話だ。愚にもつかぬことを言う。頼朝は天下をとった人だ。すべて天下を支配する者は、その天下を譲り渡すべしと思う子供一人の他は、二男も三男も問題でない。まして兄弟など特別に扱う必要はないし、彼らを親族のよしみで大身に取り立て国郡の主とすることはあっても、外の諸大名と変わりはない。だから、当然謙虚に、公儀を敬い万事をつつしんでいるべきにもかかわらず、親族顔して我儘《わがまま》を働くならば、たとえ我が子でも弟でも見のがしにはできぬ。他の諸大名への仕置のためにも、相当の仕置を申し付けるのは天下を取る者の心得の一つだ。ただ不行跡と言うくらいのことならば、流罪などでもすむが、叛逆するにいたっては死罪より他はない。世の治乱を考え万民安堵のためにはやむを得ぬ、ただの大名と、天下の主の心

得は別である」

と、頼朝を弁護したと言う。また、

「頼朝が石橋山の合戦に敗れ、朽木の中に匿《かく》れているとき、これを助けた梶原《かじわら》景時が、天下をお取りになったらば、私を執権にして下されと言うと、頼朝は、いかにもそうしてやろう、しかし、もし執権として非行があれば即座に首を切るぞと言われたとか、さすが、頼朝は器量すぐれた武将だ」

と、口を極めて誉めている。

頼朝の治績を詳細に伝えた『吾妻鑑《あずまかがみ》』は、彼の最も愛読したもので、彼は慶長十（一六〇五）年三月、これを活写本として出版せしめ、同十七（一六一二）年には林羅山《らざん》に命じて、『東鑑綱要』を撰《せん》せしめており、折にふれて、しばしば『吾妻鑑』についで論議をしている。

彼は、自分が器用俊敏、豪華放胆の型でないことを熟知していた。そして、みずからその不器用な、鈍重な、律義な、質実な特質を、ことさらに強調することによって、他人の信頼を博することに努めた。

竹千代といった幼年時代、町人が黒鶫《つぐみ》と言う物真似《ものまね》のうまい小鳥を献上すると、近侍の者が皆、面白がって感心したが、竹千代は、

「珍らしい小鳥だが、まあこれは返してやるがよい」

と、持ち帰らせた後で、

「あの鳥は、真似は器用にやるが、自分の鳴く音というものがない。人間も器用なものは大きな知恵はないものだ。自分の知恵を持たぬようなものは、大将たる者はもてあそばぬがよい」

と言ったという。

秀吉の異常の才敏に対して、自分は「万事鈍なるものと思われる」方が安全だとして、不器用な鈍重な男だが、頼りになる律義な男という、定評を獲得したのは、己れを知る賢明な処世の方針であったと言ってよい。

秀吉の前で、近習《きんじゅ》の人々が、

「織田常真《じょうしん》（信雄）は、何事にも達人で、入木《じゅぼく》の道、和歌の風から散楽に至るまで尋常でない。これに比べると、家康のような無骨な男はあるまい。まるで三河百姓をそのまま武士にしたようなものだ」

と話していると、秀吉は、

「常真は無用のことに達人だが、家康は無用のことには下手なのだ、才能も勇気も、家康と常真とは比べものにならぬ」

と、一喝《いっかつ》したと言うし、蒲生氏郷は、あるとき、家康に向かって、

「あなたは、要《い》らぬことには鈍なる風にみえながら、要ることには賢い方じゃ」

と皮肉ったという。

鈍重と言い無器用といっても、ある程度は、家康が意識的にそうしたポーズをとったものである。それを察知して、いやな奴だと思っていた者もいたに違いない。しかし、そう思っていながらも、いつの間にか家康という男に感心してしまっていたのは、当時俊敏な小器用な人間が世にはびこっていたことに対する反動でもあったろう。

聚楽第《じゅらくだい》で能楽のあったとき、秀吉みずから舞い、諸大名もこれにつづいて舞ったが、織田信雄は竜田舞の名人で、実に見事に舞い納めた。ところが、家康は船弁慶の義経になって舞ったが、肥った不様な恰好《かっこう》なのでみられたものでなく、皆が腹筋をよって笑った。

これを見ていた加藤、黒田、浅野、島津の諸大名は、

「常真はうつけ者だ。舞など見事にしてのけたとて何もならぬ。家康の古狸めは、阿呆の真似をして太閤さまをなぶっておる、したたか者め、いけすかぬ和郎だ、末恐ろしいわ」

と、ひそひそ話しあったが、その「すかぬ和郎」に、彼らのすべてが、結局丸めこ

まれてしまったのである。

ついでながら、中年以後の家康は、ぶくぶく肥って、

「徳川殿ほどおかしき人はなし、下腹膨れておわすゆえ、みずから下帯しむることかなわず、侍女どもに打任せ結ばしめられる」

と言われる程になったが、少なくも若い頃は、みずから馬上に剣をふるって戦場に馳駆《ちく》したので、武芸にかけては、秀吉などおよびもつかぬ腕をもっていた。

『紀君言行録』に、

「御軍略の古今に勝れ給ひしは、今更にとりわきて申さんも畏《かしこ》し、つぎては武技の御好み厚くましまして、刀槍弓馬をはじめ、鳥銃水泳の末々の技までも、みなその精蘊《せいうん》を極め給へり」

とある。

家康が、砲術の名手稲富一夢《いなとみいちむ》について、鉄砲を習ったことは有名であるが、あるとき、浜松城で五六十間も離れた櫓の上に鶴がいるのをみて、長筒をとりよせてこれを射って誤まらず胴中に当てた。後に近侍たちがその長筒をとって試してみたが、二十人ばかりのうち、ただ一人もそれを試射できなかったので、家康の力量と射撃術に驚いたという。

馬術については、かねて海道一との噂があったが、小田原の陣のとき、谷河を渡るのに、わざわざ馬を降りて、四五人の士に馬を率いて渡らせ、自分は背に負われて渡った。見ていた者が、

「あれが海道一の騎《の》りざまか」

と嘲笑したが、丹羽長重、堀秀政らは、

「さてさて、聞きしに優る巧者だ、馬上の巧者は危きことはせぬものぞ」

と感じ入ったと言う。

剣の道についても、心入れ深く、中年以降である文禄年間にいたっても、柳生宗厳《むねよし》や小野忠明らを兵法師範として迎え、みずから木刀をとって教えを受けている。

自分の武技に自信をもっていたためもあろう、戦場にあっては、すこぶる勇敢であった。その勇戦敢闘のさまは、『徳川実紀』『武功雑記』『駿河土産』はじめ、各書に述べられているが、

「今時の人、諸人の頭をもする者ども、軍法立をして、床几《しょうぎ》に腰を掛け、采幣を持って人数を使ふ手も汚さず、口の先ばかりにて軍に勝たるるものと心得るは、大いなる量見違ひなり、一手の大将たる者が、味方の士卒のぼんのくびばかり見てゐては、勝たるるものにてはなし」

と豪語するほどであって、

「合戦に臨ませ給ひ、はじめの程は、釆をもつて指揮し給へども、戦ひ烈《はげ》しきに及んでは御拳もの鞍の前輪をたゝかせられ、かゝれかゝれと御下知あり。はては御指のふしぶしより血流れ出るを、戦ひ終はつて後、御薬つけさせ給ひても、未だ癒《い》え給はぬ中に、又かくのごとくなれば、後々には指の中ぶし四つながらたこになり、御年寄らせらるるに及んでは、御指こはばりて、御屈伸も安らかにおはせざりし」

と言う程だったのである。

三

信長、秀吉、家康の三人は、しばしば並べられてその優劣を論じられる。

信長の性急、秀吉の機略、家康の忍耐、そして、その家康の忍耐が、最後の勝利を得たものとして、賞讃《しょうさん》されている。

しかし、人間の才能人物の優劣は、水泳や陸上競技のごとく、正確な記録によって、一目瞭然《りょうぜん》に判断し得るものではない。

信長が中道にして非命に斃《たお》れたからといって、彼の素質が、秀吉や家康に劣っていたとは言えない。

同様に、秀吉が一代にして覇業を喪《うしな》ったからと言って、その人物が家康に劣るとは言えない。否、むしろ、小牧の役において、正々堂々、全力を挙げて対決した結果、秀吉が大局的に勝利を得て、先に天下を獲た以上、少なくも秀吉と家康の比較においては、一応、前者に軍配を挙げなければなるまい。

家康の偉かったのは、終始、時代と共に歩いたことであろう。彼は、信長のように、時代の先端を独走しようともしなかったし、秀吉のように、時代を自分の考えで無理やり引きずっていこうともしなかった。時勢の要求するところに、最も緊密にくっついて、着実に歩いていった。

秀吉の朝鮮の役は、明らかに時代の要望を無視したものである。このとき、天下はすでに統一され、国民は平和を楽しみたがっていた。

武将たちでさえ、もはやこれ以上の戦いを欲していなかった。

海外に出兵しなければならない必然性はない。前にも述べたように、秀吉が朝鮮派兵を公表したとき、蒲生氏郷は、

「猿めが、物に狂うて、異国にのたれ死にするつもりか」

と、吐き出すように言った。これはほとんどすべての武将の偽らざる感慨であった

ろう。しかも、独裁者秀吉の機嫌を損ねることを怖れて、誰一人、敢然とこれを諫《いさ》めるものはいなかったのだ。おそらく、それができたかも知れない唯一の人間である家康でさえ、知らん顔をしていた。

秀吉が死んだとき、何よりも天下万民は、これで戦争が終わると思って悦《よろこ》んだであろう。しかし、海外に出征している大軍を無事に引き揚げることは至難の業である。家康は、これを最も巧妙に収拾し、天下の希望する平和を回復した。それはやがて、関ガ原の役によって破られたが、これは事実上、平和確立のための戦いだったのである。

家康が秀頼の処分を、不思議な位の寛大さをもって引き延ばしていたのも、人心、合戦に飽いていることを充分に洞察していたからだ。

新しい冒険にいっさいを賭《か》けるよりも、すでに獲得したものを、安全に保存してゆきたいという、各大名や武士たちの希望を、家康が最も確実に保証してくれそうだと言う事実が、彼らを家康の下に臣従せしめたのである。

武力による海外進出よりも、平和な交易によって利益を獲る方が安全だと言うことを知っている大商人たちも、家康の政権を支持した。

無益の合戦に、重税を請求されるよりも、毎年一定の貢租《こうそ》を出し、一定の土地に安住した生活を営みたいと念願する農民たちも、家康の政権を歓迎したであろう。

血にまみれた戦国の分裂から、平和な封建の統一へ――時代の要求が、そこにあったことを知って、その要求にぴったりと添って勢力をかため、政策を施していったことが、家康を最後の勝利者たらしめたのである。

とはいえ、ひとたび手に入れた天下の権を、その子孫に伝え得るか否かは、後嗣《こうし》に人を得るか否か。覇権の基礎を充分に固め得るだけ長命し得るか否か等によるものであって、家康はこの点においては、秀吉よりもはるかに恵まれていたというべきであろう。

天下制覇のためには、抜群の才幹と無類の努力の他に、好運と長寿という要素を必要とする。

しかし、およそ天下の覇権を望み、これに近接するほどの人物ならば、才幹、好運の点には、ほとんど優劣なきものと言ってよい。とすれば最後に物を言うのは、その生命の継続期間である。

戦国末期に当たって、中央に旗を進めようとした武将の寿命をみれば、今川義元四十二歳、武田信玄五十三歳、上杉謙信四十九歳、織田信長四十九歳、豊臣秀吉六十三歳、徳川家康七十五歳となる。

今川は才幹において数段劣るから、これを除外するとしても、武田、上杉が、もし、家康と同じ七十五歳まで生きていたとしたら、どうであろう。

最初に京畿《けいき》の覇を握った者は、信長ではなく、信玄か謙信であったかも知れないし、天下の形勢は、その後、まったく異なった様相を辿《たど》ったであろう。豊臣政権、徳川政権のごときは、到底、出現し得なかったものとみてよい。

信長が七十五歳まで生命を保ったとしても、同じことだ。秀吉は、おそらく織田家の一宿将として終わったであろうし、家康もまた、織田政権下の最有力な大名たるに止《とど》まったであろう。

秀吉が、七十五歳まで生きのびたとしたら如何、この場合はかなり問題がある。朝鮮の役を何とか収拾し、充分に自家政権の基礎を固めて、これを秀頼に伝えることが果たしてできたかどうかは、容易に判定し難い。

しかし少なくも、彼の生きている間は、彼の覇位は揺がぬだろうし、秀頼のために何らかもう少し有利な布石をうっておくことはできたであろうから、家康の覇業は必ずしも実現し得たかどうか分からない。

逆に観点を変えて、秀吉や家康が、信長や謙信と同じく四十九歳で死んだとしたら、どうであろうか。

秀吉が四十九歳のときと言えば、天正十二（一五八四）年、小牧の役のあった年である。彼がこの年に死んだとすれば、天下の覇権は、おそらくその数年後に家康のものになっていたかも知れぬ。

一方、家康が四十九歳のときは、天正十八（一五九〇）年、秀吉の小田原城攻めの年である。彼は、惜しまれ恐れられつつも秀吉麾下の惑星として、名をとどめたに止まり、彼の後をついだ秀忠が覇権を握るごときことは、おそらく不可能であったろう。

こう見てくれば、家康が最大の収穫を得たのは、彼が最も遅く生まれ、最も長く生きたという事実にこそ依存するのだと言えぬことはない。

この長寿に加うるに彼は、子供の運に恵まれていた。彼の多くの子息は、おおむねできがよい。もちろん、みずから天下の権を争うほどの器量はないが、長生きした親父の、充分に固めてくれた基礎のうえに立って、これを維持するだけの才倆《さいりょう》は、秀忠ばかりでなく、どの子にもあった。

信長の子息は、信長と同時に死んだ信忠を除けば、凡庸の一語につきる。秀吉にいたっては、子運に恵まれざること第一である。辛うじて遺した秀頼は、彼の死んだとき、わずかに六歳、覇権おのずから豊臣家を去ったのは、やむを得ない。

優れた才幹と、堅忍不抜の性格と、時代の要求を最もよく見抜いた見識と、稀《まれ》にみる長寿とを併せもつ好運に恵まれた家康が、戦国制覇の戦いに最後の覇者となり、それを己れの子孫に伝え得たのは、当然の数《すう》であると言ってよいであろう。

それにしても、三河の小忰から、岡崎の青年城主となり、海道一の弓取りと謳《うた》われながら、若き日の家庭は恵まれず、信長の客将として東奔西走、一たび機を得て小牧に天下の覇を争って敗れ、失意の中にも律義な大納言として信頼と地歩を固めて、秀吉在世中すでに大いなる惑星的存在となり、関ガ原の一戦によって名実共に覇権を掌握して将軍となり、退いて駿府の大御所として、児孫のために図って狸親爺の名を受けつつも豊臣家を亡ぼし、遂に、東照大権現として神の位にまで己れ自身を高めたこの男の一生は、探り来たれば、実に津々《しんしん》として興味つきざるものがあるのである。

あとがき

戦前の歴史教育を受けたものは、大部分のものが家康と言う人物について、余り良い印象を持っていない。

傑出した大政治家だとは思いながらも、くそ面白くもない狸爺《たぬきじじい》と言う観念がしみ込んでしまっているのである。

これは、徳川幕府を覆し、明治政権を握ったのが、薩長《さっちょう》の武士であり、ことさらに徳川政権の始祖家康から、その神格を剝《は》ぎとろうと言う政策をとったためでもあるが、元来、一般大衆と言うものが、じみな老成した、欠点の少ない人間を、余り愛さないと言う事情にもよるだろう。

徳川政権の下においてさえ、人々はおそらく家康を権現様として畏敬してはいても、これに対して親しい愛情はもっていなかったに違いない。

そのくせ家康よりもさらに狡猾《こうかつ》で、主信長の子孫をあるいは殺し、あるいは妾《めかけ》にし、あらゆる贅沢《ぜいたく》をつくし、無益な外征に財力と人命とを蕩尽《とうじん》した秀吉に対しては、かえって、多くの愛情を抱きつづけてきたようである。

家康と頼朝とは、共に我が国大衆の間では、最も不人気な英雄であり、秀吉と義経とは最も人気のある英雄であった。

こんな判断が正しくないことはもちろんだ。

にもかかわらず、少年時代に注入された知識は恐ろしいもので、いくつになっても、家康と言う人物は、私も正直のところ、何となく虫が好かなかったのである。

従来のいわゆる伝記なるものを見ると、そのほとんどが、自分の私淑《ししゅく》する人物、尊敬する人物、愛する人物をとりあげている。従って、それらの伝記の著者は、あばたもえくぼ式の、讃美に終始し、つまらぬ逸話にまで感激しきっている。伝記と言うよりも頌徳表《しょうとく》であり、人物批判と言うよりも、礼讃《れいさん》の熱情の奔流である。

これはいけない。むしろ、自分の嫌いな人物、自分と相反発する人物をとり上げて、冷静に、いや、少しく意地悪く描き出してみた方が、本当の伝記になるのではないか

——と私は、かねてから考えていた。

そこで、自分の嫌いな、何となく虫の好かぬ狸爺家康を、描くことを引き受けることを決心したのである。

私は歴史の専門家ではないし、多忙を極めているので、とても多くの書を通読し参照している能力も閑暇もない。ただ、従来の見解にとらわれずに、自分の思うままを書いてみよう、そうして、この書物を書き上げたとき、ほんの少しでも家康と言う人間が好きになっていれば、成功したと思ってよいのではないか——そう考えて、筆をとった。

だから私は、始めから家康について、相当意地の悪い目をもって観察している。こんないやなオヤジを、好きになってたまるものか、と言う気分もあった。

小牧の役に家康敗る、と書いたとき、ざま見ろと思った。

しかし、それからずっと書いてゆくうちに、争覇戦に敗れた家康が少しかわいそうになり、その辛抱強さにだんだん感心してきた。

大坂の陣のことを書くときには、秀頼の愚劣さに、少々腹が立った。あんな愚劣な男は、煙硝蔵で腹を切るのが当たり前だ。家康は狸爺と言われながら、よくあそこまで我慢したものだと、しぶしぶ家康に軍配を挙げた。

極めて短時日に、一瀉千里《しっしゃせんり》に書き上げたものであるから、自分でも不満は多い。

しかし、今、こうして筆を措《お》いてみて、家康と言うオヤジ、そんなに悪くもないな、仲々いいオヤジだな——と思う。だから、私なりに成功したと言ってよいかも知れぬと思っている。

他人がみて、どう考えるかは分からない。

各章の題名は、その各々の時期における家康の位置を示すように選んだ。三河の小《こ》倅《せがれ》が、東照大権現として神の座に上った過程が、読者の脳中に浮かび上り、この狸爺に対して、幾らかの愛情をもって頂けるようになることを、私はひそかに願っている。

(一九六〇年八月刊『現代人の日本史15　徳川家康』所収)

解説

内藤麻里子
（文芸ジャーナリスト）

本書は徳川家康が歩んだ道のりと、その人物像を知ることのできる絶好の一冊だ。作家、南條範夫による傑作評伝にして、もともとは一九六〇年に出版された『現代人の日本史15　徳川家康』がある。六三年にペーパーバック『徳川家康』として刊行され、八一年に出版社を変え改めて世に送り出された。徳間文庫に収められたのは九五年のこと。この時は六三年刊行の書を初出としている。今回の文庫新装版は八一年刊の『徳川家康』を底本としている。

この時期に新装版が出るということは、もちろん二〇二三年のNHK大河ドラマ「どうする家康」に合わせてのことだが、そこに触れる前に、まず著者である南條範夫の紹介をした方がいいだろう。

一九〇八（明治四十一）年、東京・銀座に生まれる。東京帝国大学（現東京大学）を卒業。戦時中の満鉄調査部東京支社勤務などを経て、戦後は経済学者として中央大学、國學院大學などで教授を務めた。その傍《かたわ》ら小説を書き始め、五六年「燈台鬼」で直木賞、八二年「細香《さいこう》日記」で吉川英治文学賞をそれぞれ受賞している。二〇〇四年、九十五歳で亡くなった。

右に挙げた作品以外に、映画、テレビドラマになった気ままな素浪人が主人公の「月影兵庫」シリーズがあると言ったら、心当たりのある方がいるだろうか。これで膝を打った方は、そこそこの年配か時代劇マニアか。では、ベストセラー漫画『シグルイ』（山口貴由作）の原作となった『駿河城御前試合』の作家と言ったら、わかる方が多いかもしれない。大河ドラマで言えば、七五年の「元禄太平記」（側用人《そばようにん》、柳沢吉保を描いている）の原作者である。

封建制度の中で生きる武士の非情さを描いた『武士道残酷物語』（五九年）、『被虐の系譜』（六三年）などで「残酷もの」ブームを起こした。「月影兵庫」シリーズは、五味康祐の『柳生武芸帳』や柴田錬三郎の「眠狂四郎」シリーズなどと共に剣豪ブームの一翼を担った。こうした歴史時代小説のほか、『からみ合い』（五九年）、『第六の容疑者』（六〇年）など極限状態の人間の暗部を描いたミステリーも手掛けるなど、人気作家として幅広い執筆活動を展開した。

そこで本書である。小気味よく家康を論じ、その時々の行動や決断の意味と価値を端的に示してくれる。桶狭間、長篠、本能寺の変、小牧・長久手、関ヶ原など潜り抜けてきた数多《あまた》の戦いに迫り、ついに天下を取り、大坂の陣を乗り越え、死して東照大権現に至るまでを追う。時に通説に対する反論も試みる。例えば、小牧・長久手の戦い（南條は「小牧の役」といい、長久手はそこに含まれる一個の「戦闘」とする）は江戸時代を通じて徳川の勝利と語られてきたが、徳川統制下では当然のなりゆきであって、実際のところ「家康は小牧の役に敗れ、天下争覇の戦いに敗れた」と断じる。また、この戦いの後の約二年間の家康を、秀吉に屈しなかったとして称賛する従来の見解に反して「失意の人」と評したりもする。さまざまな事績を解釈することの面白味にあふれている。これはドラマや小説を手にする時の格好の水先案内になる。基礎知識があってそれぞれの解釈の違いが分かれば、より各作品を味わえるのだ。

本書は「三河の小倅」と言われた幼い頃の人質時代から幕が上がる。たいして重要視もされず、だから虐待もされないという平凡さだ。「どうする家康」のPRで、「天下を治めたその男は弱虫だった」というナレーションの付く映像を見て、本書の家康像とオーバーラップした。

そもそもこの武将は、乱世に泰平をもたらした英雄であるはずなのに、「家康と言えば、狸親爺《おやじ》と言うことに相場が決まっている」という人物だ。ドラマにしても小説にしても、そんな家康にどう光を当てているかが見どころとなる。

もちろん本書はその点もぬかりない。生まれ育ちから「驚くべき忍耐」や「常に理知的判断を忘れない冷静さ」「質素、倹約の素質」などが身についた理由を語り、織田信長、豊臣秀吉らに対する家康独自の処世術を読み解く。そこから浮かび上がる家康に感じるのは、苦労の多い中で身過ぎ世過ぎしてきた手堅《てがた》さだ。しかも「不器用な、鈍重な、律儀《りちぎ》な、質実な特質を、ことさらに強調することによって、他人の信頼を博することに努めた」というしたたかさもある。これだけでは狸親爺の面目躍如《めんもくやくじょ》だが、この不器用な鈍重さゆえにかえって信頼が高まる様子にも踏み込む。全編を通して、数々の難局に臨んで決断し行動する姿からじわじわと熱が伝わってくる。

面白いのは執筆にあたっての著者の姿勢だ。「あとがき」によると、「伝記」というのは、ほとんど礼賛《らいさん》ばかりで不満であったという。そこで「自分の嫌いな人物（中略）をとり上げて、（中略）少しく意地悪く描き出してみた方が」いいとかねてから考えており、本書を引き受ける決心をしたのだと明かしている。が、書き終わってみると「仲々いいオヤジだな――と思う」とつづっている。まさに本書を読み終えてみると、著者と同じ感慨に浸っている自分を発見する。

終幕で、家康と信長、秀吉の生きる姿の違いをこんなふうに看破している。「家康の偉かったのは、終始、時代と共に歩いたことであろう」。一方で信長は時代の先端を独走し、秀吉は時代を無理やり引きずろうとしたと指摘する。この歯切れのよい筆致が本書の特徴の一つだ。北条氏政・氏直父子を「無知」と言い、豊臣秀頼と淀殿を「浅はか」と言う。人物評しかり、状況分析しかり。確固たる歴史観で語られる本書は、それゆえに非常にわかりやすい。

もう一つ付け加えれば、先の大河ドラマ「鎌倉殿の13人」の最終回冒頭に、新作の主人公となる家康が『吾妻鏡』を読んでいる場面が登場した。サプライズな演出で、とても楽しかった。『吾妻鏡』とは、鎌倉幕府、中でも源頼朝の事績を詳細に記した歴史書で、家康が愛読していたという。本書はその点についても詳しく言及している。

こうしたちょっとしたエピソードがドラマを観たり、小説を読んだりする時のお楽しみの一つになる。そんな場面が登場すると、出た出たと心中ほくそ笑む。本書にはあちこちに覚えておいて損はない挿話が潜む。例えば家臣団の面々のエピソードもその一つ。「一筆啓上、火の用心、おせん泣かすな、馬肥やせ」と妻に書き送ったあの家臣、嫡男《ちゃくなん》を救いたいという意を汲《く》まずに疎《うと》まれたあの二人、はたまた家康のもとから出奔《しゅっぽん》し秀吉に走った忠節をうたわれたあの男。ドラマでどう描かれるのか、今から楽しみだ。

ところで、家康の一代記が大河ドラマになるのは八三年の「徳川家康」以来のことになる。もっとありそうな印象だが、信長、秀吉を主人公にすれば必ず絡んでくるので、そんなふうに感じるのかもしれない。ともあれ、この時の原作は山岡荘八だった。

家康を描いた小説は数多い。他にも正面から描いた長編は司馬遼太郎『覇王の家』(七三年)、宮城谷昌光『新三河物語』(二〇〇八年)、安部龍太郎『家康』(逐次刊行中)などがある。伊賀越えや関ヶ原の戦いなど、焦点を絞った作品は枚挙にいとまがない。隆慶一郎『影武者　徳川家康』(一九八九年)などの変化球もある。実は南條にも異色作がある。『三百年のベール』(六二年)という歴史ミステリーがそれだ。家康には出生の秘密があるとして、それを追う物語だ。基本を知る南條だからこそ、大きく想像を広げられたと言えようか。これを紹介して、この稿を締めたい。

二〇二三年一月

この作品は1995年1月に刊行された徳間文庫の新装版です。
なお、本作品中に今日では好ましくない表現がありますが、著者が故人であること、および作品の時代背景を考慮し、そのままといたしました。なにとぞご理解のほど、お願い申し上げます。

（編集部）

徳間文庫

徳《とく》川《がわ》家《いえ》康《やす》

〈新装版〉

2023年2月15日　初刷

著者　南《なん》條《じょう》範《のり》夫《お》

発行者　小宮英行

発行所　株式会社徳間書店

東京都品川区上大崎三−一−一　〒141−8202
目黒セントラルスクエア

電話　編集〇三(五四〇三)四三四九
販売〇四九(二九三)五五二一

振替　〇〇一四〇−〇−四四三九二

印刷
製本　大日本印刷株式会社

ISBN978-4-19-894830-6　(乱丁、落丁本はお取りかえいたします)